某種物質的愛

千先蘭——著　　胡椒筒——譯

目錄

前往沙漠

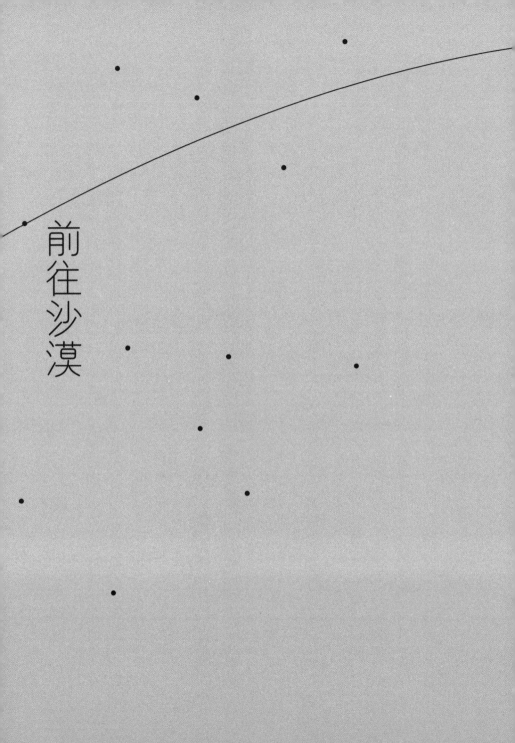

「不如寫一篇關於沙漠的故事吧。」

父親最初談及沙漠是在他遠赴沙烏地阿拉伯出差一年多後。那段時期，父親任職於大型建築公司。二十五歲的父親與初戀情人，也就是我的母親墜入愛河，很快就結了婚。母親比父親年輕很多，結婚時才二十歲。在公司相識的兩人交往幾個月後，便確信可以與對方白頭偕老，很快就舉辦了婚禮。想必一定會有人咋舌，認為年紀輕輕又沒有戀愛經驗，只交往不到一年就結婚未免也太輕率了。

想到父親在婚禮上誓言一生只愛母親，並且此生都在遵守誓約，不禁讓人覺得他們的相遇真的是天賜良緣。也因如此，他們才未經歷複雜的離別與傷痛。婚後一年，他們喜得一女，組成了三口之家，之後再無孩子誕生，由此可知，那個女兒就是我。母親在家育兒，父親在外奔波。仔細回想，當時的他們比現在的我還要年輕，為了養家糊口而各司其職，但從另個角度也像是在孤軍奮戰。

父親專攻土木工程，畢業後開始從事建築工作。只要薪水豐厚，去哪裡出差都無所謂。隨著工作經驗的累積，父親在我十三歲那年第一次外派去墨西哥。到海外工作比留在韓國的薪水高出兩倍多，所以父親沒有多想就決定去了。父親是負責鋪設地下及海底道路的總監，在墨西哥的三年間，他每隔四個月可以回國休假兩週。我只能在那時見到父親，所以一家人總是會盡心盡力地度過美好的十四天。雖然旅行可以累積回憶，但父母總會在某一天發生爭執。每當那時，我就會蒙上被子、躺在床上想像自己在阻止他們吵架。

總之，父親在結束為期三年的墨西哥駐外之後，又去了沙烏地阿拉伯，也是每四個月可以回國兩週。我要講的故事，源於父親回國休假期間與我展開的對話，但父親並不曉得那次對話徹底改變了我的人生，所以我才會在開頭提到他講的那句話。

我仔細想了想父親要我寫沙漠的事，他似乎一直夢想我能成為作家。問題是，我只是在小時候的作文比賽中得過幾次獎而已。當時也沒有可以讓父親面對現實的確切計畫，只能對父親的夢想袖手旁觀。在父親眼中，寫小說似乎是一個未知領域。為了不破壞父親的心情，我絞盡腦汁地回了一句現在想來，說了等於沒說的蠢話。

「但是我沒去過沙漠。」

「大家不只寫親眼看到的，也寫相信能看到的。」

我沒理解父親的話，也許是因為我們的想法徹底不同吧。我覺得大家不是在寫相信能看到的，而是只去看自己相信的，才會寫自己看到的。

父親在沙烏地阿拉伯和員工們一起跟隨導遊、騎著駱駝進入沙漠的中心地帶，並在那裡度過了一晚。

「您在那裡看到了什麼？」我問父親。

對面的公寓燈火通明，父親望著如捕魷魚船發出光亮的夜景回答：

「夜空與地平線相連，銀河在流淌，繁星點點，多到會讓人擔心地傾瀉而下。如果可以，我真想一輩子躺在那裡看星星，就彷彿宇宙在跟我說話似的。」父親似乎意識到自己講了平時不會講的話，說完便背著手默默走開了。

我一個人又在陽臺站了片刻，想像了一下與地平線相連的滿天繁星。比起父親描述的沙漠星空，我想像的是那些星星為了向我們傳遞光亮，穿越寂寞宇宙時所需的時間。也許寂寞只是身在地球的我的立場罷了。那些光亮飛快、不作停留地橫跨宇宙。無論過去還是現在，描繪宇宙星辰的方式一直都很俗套。至少我沒有聽到來自宇宙的噪音。我沒有發揮出父親所期待的小說式想像力，而是作起虛無縹緲的宇宙夢。父親的一句話把我拋向了外太空，拋向充斥著振動的沉默中。

之所以在浩瀚無垠的宇宙提起父親，是因為他的那句話促使我登上了希望號。李翼若知道此事，一定會捧腹大笑。我們認識二十多年來，從未認真聊過家人。我知道總有一天會把這件事告訴他。雖然有聽眾，但始終沒有找到合適的時機。

我平淡無奇的歷史始於父親的一句話。那天在陽臺，父親脫口而出的一句話以光速橫跨宇宙，在返回時觸及了我。我把這稱之為命運。

♡

我告訴父親我報考了物理系。剛結束沙烏地阿拉伯的工作，正準備前往南美洲厄瓜多的父親顯然無法干涉我在韓國仁川做出的決定。父親很清楚，即使他反對，但只要我掛斷電話，他也束手無策。父親委婉地問我，物理系畢業後能做什麼。Wi-Fi不是很穩定，我聽著父親斷斷續續的聲音，只回了一句不知道。

我是真的不知道。物理系畢業的人也許可以透過找出黑洞、四維空間或尚未發現的原子，以及宇宙結局的答案名留青史，但在我的有生之年，這種可能性十分渺茫。我只是想確認父親看到的沙漠夜空是否真實存在，隨口的描述是不是空談。聽到我的回答，父親沒有再追問，而是在掛上電話前提了一個建議。

「妳最好來一趟厄瓜多，這裡有赤道紀念碑，這裡是地球的中心。」

比起我的學業和前途，父親似乎對這件事更感興趣，而且他好像不知道厄瓜多這個國家的名字在西班牙語中就是「赤道」的意思。我盤算著是要回答「我知道」，還是問他「你在釘子上立雞蛋了嗎？」但最後只給出了無關緊要的回答：

「等媽媽狀態好一點，到時候我們一起去。」

我可以感受到父親在電話另一頭欲言又止，但我沒有追問他想說什麼。沉默在仁川和厄瓜多之間流淌，夾雜斷斷續續的電波音。父親說了句下次再打電話後，通話結束了。我並不覺得沒有問候母親的父親很無情，因為每晚他們都會通話，而且比打給我的時間還要久，所以我不能以這通電話單方面的判斷父親的態度。但我也知道，我在努力不怨恨他。母親治病需要錢，更何況我馬上就要念大學，我不能埋怨遠赴他鄉工作的父親。我沒有權力這樣做，就像父親也沒有權力干涉我的人生一樣。

三年前，母親罹患了體能衰竭症。二〇三四年，體能衰竭症被正式判定為疾病。誘發這種疾病的原因來自於只有頭髮三十分之一小的灰塵，灰塵逐漸把地球的生活帶入了絕望。世界衛生組織在命名該疾病後不到一年，它便成為全世界致死率第一的疾病。直到現在，我也不知道這些統計數字有什麼意義。人類不經意吸入體內的致癌物質，最終變異成癌症、結核病、腦瘤、腦出血和心臟病等各種形態的疾病。與其說是體能衰竭症致死，不如說是死於各種疾病更貼切。

母親的大腦出了問題。代謝物經常堵塞血管，血液長期不流通的部位開始停止運作，但表面上看不出任何異狀。唯一能延緩症狀的方法就只有持續服藥和外出時要配戴防毒面罩。如果早知道不能再在自家陽臺開窗仰望天空的時代來得這麼快，之前就該常抬頭看看天空。

比起灰塵覆蓋整個世界的速度，我的人生速度卻慢得驚人。那年我如願以償考上了物理系，也加入一些新穎但苟延殘喘的社團。我在大學學到的就只有無人能懂的公式和無人理解的物理學幽默（有時我實在很氣笑出來的自己）。除此之外，我還學到一個舒壓方法，就是鬱悶時大吼：「我們都跟致癌物質一樣！」然後摘下防毒面罩衝到操場狂奔。

這無疑是瘋狂之舉，說不定那時吸入的空氣正在體內醞釀著災難。但就算如此，也不會帶來多大改變，頂多就是縮短了一些時間而已。遇到李翼就是在那時候。我對這個香港來的交換生提出的第一個問題是：

「你為什麼要用外語來學習連用母語也聽不懂的物理呢？」

李翼露出尖尖的犬齒笑說：「因為韓國的天空比香港稍稍乾淨一些些。」

我無言地笑了。香港的天空應該和韓國差不多吧。如今若不去極地，就很難在地球上看到晴朗的天空了。李翼相信可以找出方法消除漂浮在地球表面的致癌物質。當他為找出方法而努力時，我卻在想像離開這個地球。就這樣，對現實不抱期待成了我們的共通點。

李翼比我矮一點，略顯消瘦，以一百七十三公分的平均身高來看，整個人顯得很瘦小。

他總是揹著一個黑書包，裡面有用了很久的隨行杯、為抵擋空調冷氣的襯衫、眼鏡盒和攜帶式供氧器。每次看到李翼揹著比背還寬的大書包，我就會聯想到揹著大龜殼的陸龜。雖然他這個人談不上踏實可靠，但從他身上可以感受到某種求生的力量，似乎無論置身何處都可以生存下去。我覺得他會願意為了我，從書包裡取出任何東西。

是我先開口告白的，我說希望把我的東西也放進他的書包裡。李翼沒說什麼，直接把我手裡的隨行杯放進書包後，跟我十指緊扣。交往第一天，我們沒聊什麼，只是簡短討論了當天上的課。現在想來，那時的我可能是想找一個與父親相反的人。因為我覺得能陪伴在母親身邊共度夜晚、迎來天明，才是真正的愛情。

母親的病源於她一生吸入的空氣，但其中一定夾帶著孤獨。在致癌物質滲透進體內的過程中，孤獨成為催化劑，加快了病情發展。我只能這樣去理解才四十五歲的母親腦血管破裂的原因。

站在宇宙的立場來看，地球不過是眾多行星中的一顆，而且是非常小、就算哪天突然消失也無所謂的一顆。而人類只是在偶然間誕生，連存在的理由都不得而知的生命體罷了。人類創造了所謂的愛與孤獨，每當想到是人類製造了地球上的孤獨時，我就不禁覺得只有遠離這顆星球，才能擺脫孤獨。

那天發生了意外。雖然是我把暈倒的母親送到醫院的，但現在也想不起來我到底是怎麼把一動也不動的母親抬上車，又是如何開車到醫院的。那時的我切身感受到，人類會在緊急時刻釋放出潛能。母親瑟瑟發抖地說明自己的症狀後，醫生診斷她得了重感冒。看到母親躺在急診室打點滴，我才鬆了口氣。我笑著對母親說，等打完點滴，我們就回家。但我們的對話，也就是我與母親的對話……如果知道那是我們最後一次對話，我一定會告訴她我愛她。或是叮囑她，即使忘了我，也不要忘記我愛她。

母親的寒意絲毫沒有退去，幾度昏迷後，醫生給我看拍攝的MRI。聽著醫生的講解，我不禁產生這樣的想法：人類的大腦原來可以變得這麼黑，就像宇宙，也像書籍上黑白印刷的星雲。母親的大腦也發生了大爆炸，所以醫生才會說生死的機率一半一半。但即使活下來，腦中的熵也會持續增加。

因為必須降低腦壓，醫院在五個小時後才幫母親動手術。經過長達三小時的手術後，母親活了下來，她的大腦處在混亂狀態，甦醒後的認知能力變成三歲左右的孩子，而且忘記了我們一起做過的所有事。母親的大腦喪失了所有記憶，再也記不住任何事了。母親擁有了不存在於過去與未來，只能感受到當下幸福的人生。母親變成了新人類。

母親被送進手術室後，我才打電話給父親。我能做的就只有如實轉達醫生的話，告訴父親即使動手術也無法確保能夠活下來。我的語氣既不絕望也沒有希望，難以歸類且飄忽不定。父親跟公司請假後，立刻踏上了回國之路。

即使父親再怎麼心急地趕回來，也要轉機兩次、飛行十六個小時。因為他搭乘的是機上沒有Wi-Fi的廉價航空，只能在轉機時打電話詢問母親的情況，而我只能一再重複手術還沒結束。父親第三次登機後，母親的手術才結束，所以他在抵達韓國後得知了母親的消息。

父親在飛機上會想什麼呢？降落後又是以怎樣的心情打開手機？我待在醫院，不時想到在飛機上想像妻子死去的父親。我呆坐在封閉的房間裡，彷彿看到從未見過、身處機艙內的父親。一個疑問油然而生——

父親是如何熬過那段時間的呢？

長達十六個小時的飛行，父親的時間是怎麼流逝的？他會不會因為擔心時間停止而一直看手錶，或是不停攔下路過的空服員追問剩餘的飛行時間呢？他會在腦海中為母親舉辦多少次葬禮呢？

厄瓜多成為父親最後一次駐外的國家。母親需要有人貼身照顧，父親斬釘截鐵地說照顧妻子是他的責任，不許我插手。父親對我說，子女無需照顧父母。這句話與我在社會上聽到的剛好相反。就這樣，看護白天照顧母親，父親展開了下班後的醫院生活。

我以為僅憑母親活下來的事實就可以讓我們盡快走出絕望、回到從前，至少在一年內恢復原樣。但一週後，從加護病房出來的母親卻獨自逆行時光，返老還童了。母親大腦的額葉功能徹底損傷，失去了判斷、思考、創造、抑制和對話等能力。而且隨著認知能力下降，也喪失了運動能力。母親就像新生兒一樣躺在床上睡覺，她的皮膚變白，眉間的皺紋也平了。身體彷彿也逆時間而行，返老還童了。

母親變成了忘記孤獨的新人類，新人類可謂是地球上唯一幸福的人。

我當時處在休學狀態，眼看還有半個學期就要畢業，仍再次延長了休學的時間。我上網申請休學，沒過多久教授就打來說，如果延長休學，原定的航空研究院工作可能無望。我表示自己也很無奈後，掛斷了電話。

♡

在李翼為了拯救環境、調查大氣物質的期間，我仍不斷為了前往被灰塵遮擋的宇宙努力著。我們望著同一片天空，作著不同的夢。

「就結論而言，我們都想拯救地球。」李翼半躺在圓頂式天花板的咖啡廳裡，望著虛擬藍天說道。

掛在牆壁上的螢幕故障了，不斷閃爍著五彩繽紛的顏色。我們的腳下是山，頭頂掛著夕陽，偶爾還可以看到像是候鳥的藍鳥有規律的橫穿過圓頂螢幕。李翼見我好半天沒有反應，以為我還沉浸在失落中，於是安慰我：

「妳那麼有能力，一定還有機會的。」

我噗哧笑了出來。雖然不知道確切原因，但還是笑了，也許是因為接連幾週只睡了不到四小時的關係。我預感李翼做好了跟我分手的準備，畢竟沒有人會願意留在漸漸瘋掉的愛人身邊。

我笑了好半天，才喝了口水，開口說：「我對拯救地球根本沒興趣，這是我們唯一的不同點。」

我還以為李翼會說什麼，但他只是靜靜地等我說下去。我沒有給出他期待的什麼特別的理由。我萌生了一種毫無緣由的對宇宙的渴望，渴望離開地球前往宇宙，即使只是為了與外星生命體相遇，或做一些與地球有關的事也無所謂。我沒有解釋，而是講了其他無關緊要的事。

「我之前以為父親並不想出國，只是不得已才去工作，但現在我不這樣覺得了。感覺剛好相反，他很想出國，但不得不留在韓國……欲望之間的間距太大，所以不能同時擁有，最後那種間距累積成孤獨。」

父親再沒提過異國他鄉的事，可能是覺得現在的情況不適合聊吧。話已出口，但我突然覺得說了不該說的話，就在我打算轉移話題時，李翼搖了搖頭，開口說道：

「我明白妳是什麼意思。」

「什麼意思？」

「就像想裝作什麼都不知道，但還是做不到視而不見。比如，妳現在眼睜睜地看著機會拱手讓人。」

「……」

「既然是這樣，那妳的間距之間也累積了孤獨？」

李翼抱住了我，他沒有看到我一頭霧水的表情。即使我流露出那種表情，也沒有掙脫他的懷抱。原來我是孤獨啊。無法擺脫孤獨時，人就會變得冷漠淡然。

那段時間，我和李翼很少見面，他很忙，我也要打工當家教。我經常夢到父親突然病倒後，自己成了一家之主。而且存摺存款少於一定金額時，就會焦慮不安。父親尚未退休，靠他的薪水支付了一年來的手術費和住院費，家裡的經濟狀況並沒有出現太大問題，但我內心的從容不迫還是蕩然無存了。從那時起，我的內心形成了有別於世間貧瘠的沙漠的另一片沙海。

我與父親經常發生爭執。越來越像小孩子的母親以成人的怪力破壞了觸手可及的所有物品，由於旁人都難以招架，不得已每週都要更換看護，有的看護連招呼也不打就消失了，所以也發生過好幾次我在打工途中要趕回醫院的緊急狀況。我越來越覺得鬱悶、透不過氣，彷彿淪落成落入無形漁網中的魚。也是在那時，我養成躲到逃生梯大口喘氣的習慣。我的呼吸急促得就像剛爬完樓梯，有時大口吸氣仍沒有在呼吸的感覺。壓力已經超出我可以承受的範圍，就算是很小的爭執，我也會眼眶泛淚、大發脾氣。

很多時候，爭吵的對象都是父親。與其說是「爭吵」，不如說我是單方面在發脾氣。但我並不想指責那時的自己。當時只有二十三歲的我，難以忍受與母親相處的時間，年輕的我根本無法承載他人人生的重量。但現在的我可以承認，當時的我在排斥伴隨母親活下來後的那些痛苦，以及把發洩情緒視為奢侈和不孝。那時的我疲憊不堪，痛苦不已，也害怕再也無法返回從前的世界。

母親住在順天鄉醫院時，公司位於乙支路的父親也會利用午休時間來照顧母親。而我的世界已經變得狹小且頹廢不堪，所以刻意不去揣測父親過著怎樣的生活。但就算我極力逃避，還是會遇到必須直視問題的時刻。

某天，我在父親車裡發現一個小本子。父親至今也不知道我看過那個小本子。透過這次機會他才會知道，說不定他早就忘記那個二十年前的小本子了。

那是在母親病倒後四個月時，我坐在駕駛座打算睡一會，發現了那個黑色小本子。設計道路的父親詳細地記錄了母親的病名、症狀、服用的藥物成分、注射的藥物種類，以及復健治療的過程和效果。雖然字裡行間省略了父親的感想，但可以看到「沒有記憶」和「經常哭泣」的字跡處畫有橫線或圓圈。充滿顫抖、緩速往返於兩點之間的線條孤獨的畫在紙上。我盯著小本子看了好半天，用手指撫摸著那些線。那些線就是留在父親心裡的痕跡。

♡

母親變得不再那麼暴力了，而且還能對所有問話做出「是喔？」、「為什麼？」、「不知道」等反應。也是在那時，父親再次提起了沙漠。母親始終沒有找回從前的記憶，但接受了面前的男人就是自己的丈夫，以及我是女兒的事實。

畢業後，我為了進航空研究院開始準備考英語，天還沒亮就去補習班，整天在補習班待到日落，晚上才去醫院看母親。二十六歲的我還很年輕，但我只能用這種殘酷的方法來緩解內心的不安。即使身體疲憊，但能把時間用在自己身上還是覺得很幸福。總之，我留在醫院的時間比之前少了，但每次走進病房，都能看到父親。

父親會與坐在輪椅上的母親聊天。與其說是對話式的聊天，父親更像是一個人在自言自語。從那時起，父親會把自己在海外經歷的事變成他與母親的共同回憶。交往和新婚初期的故事已經重複了無數遍，父親開始講述在厄瓜多的太平洋親眼所見的海豚群，在墨西哥峽谷看到的雙彩虹，以及在沙烏地阿拉伯沿著希賈茲山脈往東移動時看到的內志高原。

「那時候妳摔倒，我還揹妳走了一段路呢。不記得了？」

父親很自然地編造著虛假的回憶，母親一頭霧水的看著他，然後回了句：「記得。」這種反應很可能出自於可憐面前不停說話的男人。有時，母親也會立刻回答：「沒錯，我都記得。」每當這時，她都會露出沉浸在回憶中的痴迷表情。在這些故事中，母親對沙漠的故事反應最為強烈。

「妳和我，我們去沙漠旅行的那天……」

「沙漠？」

「嗯，沙漠。只有沙子的地方，我們去過啊。」

「嗯，去過。」

「我們在那裡看到銀河，還有連接地平線的星星。」

「星星？」

「嗯，宇宙發出的光亮，它們密密麻麻的鑲嵌在夜空裡，還有銀河。我們躺在那裡望著夜空，還許願希望天不要亮呢。」

「……」

「妳不記得了？」

「記得。」

「是吧？我們還約好以後再去呢，記得嗎？」

「記得。」

「等妳出院，我們就去。」

我無從得知他們是否真的做過約定，只看到母親點了點頭，勾了勾父親的小指。每當這時，父親編造的回憶就像真的一樣。至少對母親而言。

十年後，前往沙漠的人是我。

前往沙漠是為了接受太空人訓練。訓練要求我們必須在難以前行、站立的沙塵暴和變化無常的氣候中生存下來。身穿加壓防水服，行動十分不便。我與搭檔桑德拉結伴熬過了三天，但因猛烈的沙塵暴走散，又各自撐了三天。我們就像初到陌生星球的原始人類，在不毛之地生起火，為求生節省糧食。我們緊緊相擁，只為不在沙漠中失去彼此。

但這是有兩個人才能做的事，我一個人落單後，就連站在風中守在原地都很困難。看不到星星便無法辨別方向，我憑藉手中的指南針和半瓶水硬撐了下去，但仍不確定前方的路是否正確。沒有宇宙指引方向，我只能把命運交給巴掌大的指南針。風停了幾個小時，卻還是看不到夜空中的星星。我毫無期待，但還是覺得很失望，因為父親描述的沙漠與我眼前的光景截然不同。我面前的沙漠既殘暴又無情，好似一個因失去寶物而憤怒不已的狂人。

就在我覺得會在沙漠結束此生、放棄求生時，遇到了桑德拉。我不由自主地緊緊抱住桑德拉，當下的我無法區分是在害怕沙漠，還是在害怕只有一個人的沙漠。遇到同類的安心感就像暴風包圍了我。

為期一週的訓練結束了，為了與其他小組會合，我們來到附近的村子。在村裡遇到的其他小組也都經歷了生死浩劫，無須多問各自的脫險經歷，光是看到大家都還活著就很開心了。我們住在一個名叫卡林的男人獨自經營的旅館，在沙漠土生土長的卡林已經年過半百，靠幫人洗口罩和經營旅館維生。

旅館是代代相傳的家業，但隨著來沙漠的人漸漸減少，卡林順其自然改做起了其他的事。客廳一角的牆上掛著的照片證明了卡林的話。從二〇一二年開始拍攝的人物照片，到二〇二七年中斷了。父親來沙烏地阿拉伯是在二〇二八年。

我呆呆地看著那些照片，問卡林：「到這裡來的人是要觀光什麼啊？」

「沙漠啊。不知道其他地方有什麼，但這裡就只有沙漠。」

「這些人都是來體驗沙漠的嗎？」

卡林聽了我的話，無言地笑了。

「體驗沙漠，那都是什麼時候的事了。這些人有一半就只是來看沙漠，感受原始的渺無人煙罷了。」

我又看了一遍照片。到二〇二二年左右，照片中的人物都還置身於沙漠之中，但之後的照片感覺都是在旅館門口拍的。

「之後就沒有沙漠旅行了嗎？」

「沒有了，因為再也無法進入沙漠了。」

「那除了這裡，其他地方……」

「其他地方也一樣。這關乎生計問題，所以我們比任何人都遺憾。但沙漠不允許人類進入了，我們不能違抗自然，否則只有一死。」

卡林說的是事實。從稍後抵達的同事那裡得知，整個國家都禁止了沙漠旅行。由於氣候變化導致的沙塵暴，以及看不到夜空星辰等原因，沙漠旅行徹底消失了。也就是說，旅行社也無法再進入沙漠。

聽我提起父親之前在這附近工作，臨走前，卡林指著旅館後面的地下通道入口對我說：

「修建那條通路時是沙塵暴最嚴重的時期。當時也有韓國人，除了工作時間，大家都一直待在住處，誰也不能進入沙漠。偶爾有人來村裡，我們就一起喝酒，但因為太無聊了，我們會聚在一起聊沙漠的美好和夜空。當然，誰也沒有親眼見過，只是平空想像而已。如果不這樣，就會畏懼沙漠，難以生存下去，對於那些不遠萬里來工作的人而言更是如此。大家會幻想美好，把孤獨拋向沙漠。」

「你也沒見過沙漠的夜空嗎？」我問道。

「沒見過，我也是從父親那裡聽來的，父親是從祖父那裡聽來的……沙漠的夜空比任何地方都要偉大，因為地平線也掛滿了星星。」

♡

長久以來，我們持續向宇宙的某個地方、向和我們一樣的智慧生命體發送訊號。二十年前，從距離克卜勒1229b不遠的行星接收到了答案。據推測，他們的文明和科技發展速度可能比我們慢約一百年。可想而知，自那以後會提出多少對宇宙與外星生物充滿好奇的問題。那裡的大氣、水、重力和氣壓，一切都很像地球，想必那裡的生命體也應該和我們差不多。若要說有什麼不同，那就是那裡還有可以看到藍天的清新空氣。

看來我也很像父親。我拜託李翼留在我身邊一輩子，結果我卻離開了。李翼得知我被選為參與漫長航海的一員後，他在送上祝福的同時問道：

「我們不會離婚吧？」

我回答：「如果我能活著回來，而你也還活著的話，我們就還是夫妻。」

♡

我始終沒有找到渴望宇宙的確切理由。我只是一個幸運登上希望號的太空人，並非為了人類而留下偉大成就的偉人。我偶爾會想像，也許某一天可以非常走運的看到父親描述的沙漠夜空，思索著那種描述會不會是來自宇宙某處的竊竊私語。也許發出的信號繞過緯度再次傳送回地球，只是為了把我送上太空。

出發前，李翼問我對拯救地球沒有興趣嗎？我用一個吻代替了回答。說實話，我到現在也還是對拯救地球沒興趣，有的就只是實現夢想的欲望罷了。

父親問我，太空船要怎麼在沒有道路的宇宙中行駛？他不會是真的想知道才這樣問的吧？

以為會永保年輕的父親也在不知不覺間白了頭，老人斑爬滿了臉龐。

「就像航海一樣。大海也沒有道路，但船知道前進的方向。」

「原來如此。我一輩子都在努力建設道路，女兒卻踏上了沒有道路的路。早知道這樣，我就該去宇宙鋪路。」父親開了個玩笑。緊接著又像看穿我心思似的補充：「不用擔心媽媽，有我在呢。我現在已經習慣了，沒有任何問題，妳不用擔心我們。」

我輕輕點了點頭。

「無論去哪裡，總有路通往妳要去的地方，但路上會很孤獨。一路上，妳得學會適當的卸下孤獨。路承載太多孤獨也會崩塌的，知道嗎？」

出發前，我沒有告訴父親從卡林那裡聽到的事。即使父親謊稱自己看到了不曾見過的風景，也不會改變我要前往的地點。雖然我對父親說，寫不出未曾親眼見過的場景，但我還是夢想著沒有見過的宇宙。我正在前往無人抵達過的地方，就像結束漫長旅途的父親，定居在僅存於現在時態的世界一樣。

為了抵達那顆行星，我們傳送了遠距即時傳輸設計圖。歷經漫長的時間，我們會在那裡完成任務，會在那裡為找尋地球失去的空氣而努力。我也會以自己的速度前進，為了不沉下去，把孤獨拋向宇宙。

那裡會有掛滿繁星的沙漠嗎？

你依然夢想著沙漠嗎？

為了你

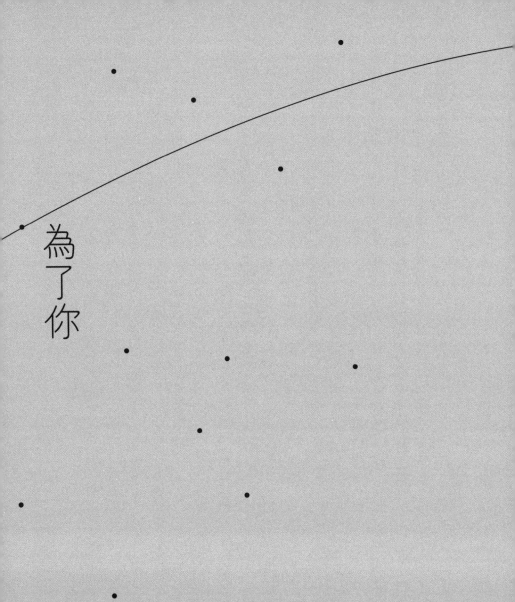

「這就是你的孩子，有何感想？」

說實話，我很想用手指按一下那個小東西，它應該會沒有任何感覺的爆開。男人望著好似魚缸、圓圓的人工子宮中，像小米粒一樣的自己的「種子」。他拿起進門時館長提供的放大鏡，六週大的孩子就像三頭身比例的小蝦米。想像過後，男人蹭了幾下褲腰，抹去手指上虛假的異樣感。男人將近似於本能的恐怖念頭拋在腦後，幸福感立刻包圍了他。終於有孩子了。男人掏出口袋裡的手帕，擦去額頭和鼻梁上的汗珠，看著館長說：

「太、太美了。真的好漂亮。」

前一晚，想到要與孩子見面，男人興奮得整夜都沒闔眼。想到「那竟然是我的孩子！」他就心跳加速，嚴重到午夜時分還吃了一顆清心丸。

他是被選之人。成人後，男人便通過「胎兒監護人權利審查」，之後二十年間定期接受精子的健康檢查，終於獲得成為父親的權利。假如再晚個五年，他就很可能因為年齡過大而失去資格。對男人而言，這是一件幸運無比的事。

為了這個孩子，男人菸酒不沾，生怕檢測不合格。他每天早晨會聽古典樂、看教育節目，每個星期至少去看一次展覽。只有精神健康的男人，才有資格成為人父。

聽說很久以前並沒有這些繁瑣程序，任何人都可以成為父親。美好的年代一去不返。在那個無差別化的年代，男人們會對不用努力也可以成為人父充滿感激嗎？

男人成了家族的榮耀。待孩子出生後，他便可以與孩子的母親組成四口之家。也就是說，他即將組成一個僅占百分之一的上流家庭。等兩個孩子成人、出社會後，他與太太就可以享受國家福利，安度晚年。

館長和男人在兩名武裝警衛的陪同下，從保育室朝走廊盡頭走去。男人很在意這兩名警衛，但想到這裡是孕育未來希望的地方，便也能理解他們為何如此警戒。館長帶男人穿過沒有窗戶的走廊，走進盡頭的一個房間。房間的一面牆上設有大螢幕，像審訊室般沒有任何窗戶，只有一張桌子和兩把椅子擺在正中央，氣氛十分陰森。男人坐在椅子上，館長坐在他對面，兩名警衛守在門前。

「再次恭喜你。透過你的ＤＮＡ，受精卵著床很順利。」

男人害羞一笑，低下了頭。大概是不通風加上大螢幕散發的熱氣，男人的額頭和鼻梁又冒出了汗珠。他伸手去掏手帕，但手在空蕩蕩的口袋裡摸索了老半天。

「正如之前所說，我們無法透露對方ＤＮＡ主人的任何資訊。等十個月後，胎兒『出生』，你就會見到孩子的母親、組成家庭了。通常流程是這樣的……」

館長欲言又止，接著在大螢幕的畫面上點開孩子的照片。不，與其說是孩子，應該說是小胚胎的照片更為貼切。

「我們分析了你的ＤＮＡ家族遺傳史，結果發現有百分之九十八的人死於心臟疾病。我們以受精卵著床後形成胚胎的過程為基礎做了模擬測試，結果顯示你的孩子會在三十歲死於心臟痲痺的機率，高達百分之八十。」

聽到自己的孩子會在三十歲死掉，男人無法掩飾悲傷。館長從抽屜抽出一張紙巾遞給男人。

「這是你在成為『父親』的誓約書上簽過字的文件。如果你的心臟在老化前保存起來，三十年後就可以捐贈給你的孩子。你發過誓，願意為你的孩子放棄自己的一切……」

「啊？不是！請等一下！」男人大喊一聲，站了起來。

看到男人的舉動，兩名警衛拔槍對準了他。男人這才意識到，他們不會讓自己活著離開房間了。如果按照館長所言，他現在就要為了「那個孩子」捐出健康的心臟，保存起來。男人搖著頭，往後退了幾步，但無路可逃。

館長笑著溫柔地說：「這都是為了你的孩子啊。你看看這個孩子，他是個活著的小生命體……多可愛啊！」

男人轉過頭，大螢幕上就只有一個小小的米粒。

萊西

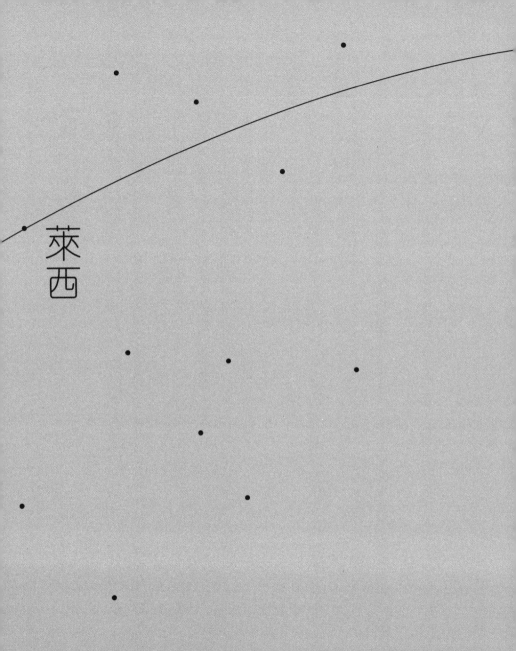

為了記住永恆的瞬間，雨滴會把一切儲存在自己的身體裡。

在長達兩小時的會議上，昇惠首度開口發表自己的想法。因意見分歧而漸漸提高音量的隊員們立刻安靜了下來，四個人同時看向昇惠。

「不能殺她。」

「我們為了拯救生命好不容易才來到這裡，要是殺了她還有什麼意義？搞不清楚是什麼生命體，就應該先觀察啊！至少給她一個解釋的機會吧。」

太空人浩燃和生態學家周妍對昇惠的話深表同感，五個人中有三個人同意救下那個「生命體」。因為決定來自多數人的意見，其他兩人也只好點了點頭。

工程師特蕾澤對昇惠的意見提出但書。她一開口，植入耳中的翻譯晶片便自動把英文轉換成韓文。

「大家必須先承諾，若她暴露出攻擊性，就要毫不留情地做成標本帶回地球。必須確保後續計畫能繼續才行。」

聽到特蕾澤的話，張義義點了點頭，轉頭等待昇惠表態。昇惠也毫不遲疑地同意了。長達兩個多小時關於陌生生命體的會議終於宣告結束，這是在此處的海洋發現生命體六小時後得出的結論。

昇惠回到房間，坐在床上，透過形似托盤的窗戶可以看到發光的冰衛星。以目前的情況來看，打透四十公尺厚的冰面成為拯救地球海洋生物唯一的希望。工作小組在冰山峽谷上空用鑽井技術開始嘗試打洞。受土星的衛星土衛二重力牽引的太空船蝴蝶號，有別於蝴蝶的形態，看上去更像一隻水黽。以駕駛艙為中心，六條長長的支架腿伸展開來，外觀優雅、光滑，就像靠浮力漂浮在宇宙一樣。

由冰組成的土衛二表面比月亮更明亮，不拉上窗簾根本無法睡覺。昇惠拉上遮光窗簾後躺下，視線卻一直沒有離開窗簾隙縫間隱約閃現的光亮。即使醫生給昇惠開了大量安眠藥，還是難掩不安。

為了讓醫生放心，昇惠說：「我總不可能在宇宙服安眠藥尋死吧。」但她省略了後面那句：「就算要在宇宙尋死，也得找個比服藥更酷的方法吧。」

有別於醫生的擔憂，昇惠帶著三個月藥量的安眠藥登上蝴蝶號後，從來沒服用過。今晚她也將安然入眠。

蝴蝶號是在兩個月前抵達土衛二的。

那是昇惠時隔一年後，再次接到來自中國長征運載火箭的聯絡。當時她正身處首爾人滿為患的地鐵中，忍受著想吐的感覺。

覆蓋漢江夜景的燈火看起來比宇宙的繁星更多，地鐵平穩且快速地穿梭在大樓之間，昇惠忍住沒吐，取出夾克口袋裡的手帕擦去額頭上的冷汗後，直接用手帕捂住口鼻。距離下一站僅需三十秒，但昇惠還是不停確認著報站畫面。前方就是合井站了，地鐵進站後，昇惠扒開摩肩接踵的人群衝下地鐵，直奔面前的垃圾桶。但她除了抓著垃圾桶大口吐氣，什麼也沒吐出來。

隨後進站的地鐵也像末日列車一樣擠滿像在逃難的人群，雖然硬擠也能擠上去，但昇惠還是坐在椅子上目送地鐵離開。她緊握雙手、垂下頭，閉上眼睛深呼吸。地面仍在搖晃，彷彿走在彈簧床上的暈眩始終沒有退去。這種情況已經持續四年了，仍查不出病名和發病原因，遑論治療的方法了。

夾克口袋裡的手機響了，昇惠沒有理會，深吸一口氣後慢慢吐出。不用看也知道一定是又搞砸事情的助理，或科學出版社的編輯打來的。如果連續兩通都不接，他們就會等昇惠打回去。但這次第二通電話斷掉後，緊接著又響了。昇惠皺著眉頭拿出手機，這次是未知號碼，而且還是從中國打來的。

最後一次拯救海洋的機會也以失敗告終。昇惠預測隨著海洋變黑、微生物死亡，五大洋都將變成死海。從海豚和水母，再到鯡魚和珊瑚……不用十年，海洋生物就會徹底滅絕。

地球因為未能準確地接收海洋最後一次發出的警告而失去了海洋，原因來自噬菌體的變異種。用作抗生素的噬菌體發生變異，開始攻擊微生物，但至今未能查出變異原因。人類能做的就只有祈禱這種變異病毒的危害不會擴散，但一切為時已晚，因為這種與人類同步進化的病毒遠比人類更頑強。

昇惠親眼目睹了一系列的滅亡。結束在中國長征號上長達兩年的任務回國後，昇惠見到了NASA員工，十年前合作過的生態學家周妍。昇惠默默聽完周妍的話後，只問了一句可否出去抽根菸。該死的吸菸區要走很遠，昇惠叼著菸走了過去。

還有三通未接來電是藝娜打的。藝娜是大學同學中唯一一個友誼尚存的朋友。昇惠回撥，藝娜剛接起電話便問：

「找妳幹麼？」

昇惠吸了口菸，不疾不徐地回答：「要我去宇宙，去其他星球拯救海洋。他們是不是瘋了？」

假如回國後沒有在地鐵裡想吐的話，昇惠也不會登上那艘太空船。在這片土地上，沒有可以消除眩暈症的方法。昇惠的平衡感也與海洋一起滅亡了，所以她才會這麼痛苦。這是醫生的診斷。

♡

探測船返回後，周妍脫下濕漉漉的太空服，把樣品瓶交給昇惠。由於寒冷和冰層實在難以忍受，他們最終還是放棄了把基地設在衛星上的方案。蝴蝶號在土衛二的重力軌道上與之保持距離，處在漂浮狀態，潛水艇模樣的探測船每天會前往衛星，從打好的洞口進入冰層。張義義取來厚毛毯圍在周妍身上。

嘴唇凍得發紫的周妍開口：「形態、姿勢都和昨天一樣。」

「照片呢？」

周妍遞上相機，昇惠拿著樣品和相機，轉身走了。

利用顯微鏡可以觀察到移動的微生物。將綠藻放入土衛二的海洋，以喚醒微生物的計畫獲得了成功。海洋漸漸形成適於生命體生存的環境。就像為了迎接新生命的父母，土衛二也在為了迎接海洋生物編織起美麗的搖籃。即使無法喚醒全部的地球海洋物種，至少也要把指甲大小的魚苗帶回去才行。如果微生物可以在這裡的海洋存活，那就表示可以找到解決噬菌體變異種的方法。與在南極科學考察站時一樣，昇惠的任務仍然是觀察微生物和研究病毒，以及忍受寒冷。

放大照片進行觀察的周妍也對昇惠的看法表示認同。照片中的生命體就像尚未孵化的胎兒，但不像魚類或藻類，因為能明顯看出頭部和身體，但又沒有哺乳類的血管和骨骼，而是長著如兩棲類的黏液質皮膚。持負面態度的特蕾澤什麼也沒說，轉身走開了。

特蕾澤是第一批抵達土衛二的隊員，其他人則是第二批。在第二批隊員抵達後，特蕾澤並未跟隨第一批隊員返回地球，又留守了兩年。正因如此，她才會對平靜的海洋突然出現來歷不明的生命體產生抵觸的情緒。孕育生命的海洋誕生生命體是很自然的事，而該生命體會與地球上的生命體不同也實屬正常。人類心知肚明，卻也難以接受事實。

前一天，發現該生命體的人是浩嬿。駕駛探測船潛入海洋的浩嬿在土衛二南緯90度00分P6的座標點，首次發現半透明生命體，時間點是在把海藻投放進海洋一年零三個月之後。浩嬿立刻向蝴蝶號傳送了影片。

最初發現時，生命體只有拳頭大小，難以區分頭與身體，但在六個小時後，從棒球變成足球大小。正因為這樣，昨天的會議上才會有人出於恐懼而做出激烈反應。但最終還是決定繼續觀察。現在這個生命體已經長到可以區分頭部和身體，以及眼睛的位置，但仍無法判斷是食肉動物，還是怪獸的胎兒。

那天下午，周妍向指揮總部報告此事，指揮總部要求他們持續觀察。面對初次遇到的外星生命體，人類把武器藏在身後的同時，最大限度的施捨著親切。

特蕾澤放下手中的麵包，悲壯且堅決地說：「萊西。」

張義義重複了一遍這兩個字後，問是什麼意思。這兩個字比至今聊過的明星和食物名稱更朗朗上口。大家都看向特蕾澤，等她解釋。

「難道是那個意思？」昇惠問。

特蕾澤點了點頭，但昇惠放下手中的酒杯，搖了搖頭。其他人一頭霧水，連連發出噓聲。把酒杯送到嘴邊的昇惠無奈之下，回了一句：

「感冒。」

很可笑的是，萊西的意思的確是感冒。

「這是最初發現的感冒病毒的名字。但妳是怎麼知道的？」

「妳不是說妳那些書可以隨便看，我就隨手拿了一本圖最多的。」

昇惠猜到特蕾澤拿走的是哪本書。那是一本很薄的繪本，上面詳細介紹了最初發現的病毒。萊西，用綠鉛筆畫下的圓形。昇惠清楚記得書中所有內容。即使她不想，那些內容還是鮮明地烙印在腦海中。

「那本書裡還夾著一個乾巴巴、很奇怪的東西。」特蕾澤小心翼翼地說，表情顯得有些不安。

「那是晒乾的蟑螂。」

大家放下手中的食物，再次發出噓聲。針對昇惠的惡趣味，每個人都忍不住抱怨了一句，讓昇惠不得不辯解：

「那是凍在冰河下的小傢伙，可是跟恐龍生活在同一個時代呢。」

那本書的小主人相信蟑螂可以解答這個世界的疑問，所以像製作楓葉書籤那樣用六根手指挖出冰裡的蟑螂，壓扁晒乾後夾進了書裡。如今那隻蟑螂成為失去主人的書的守護者。隊員們的話題隨即轉移到各自見過的不可思議的昆蟲身上，但昇惠的思緒未能跟上大家的步調，因為她的腳底被散落在人生各處的記憶刺痛，不得不停了下來。

昇惠帶著初次遇到外星生命體的興奮吃完晚餐，回到自己的房間找出了那本書。她坐在床上，抱著枕頭翻開書。書上隨處可見不小心留下的筆痕，然而隨著時間流逝，連那些筆痕也漸漸模糊了。昇惠懇切地希望那只是自己的錯覺。很久沒有翻開的書，痕跡抹去了痕跡。若想要永遠珍藏，就要保管在封閉的空間裡，但地球上沒有那種地方。昇惠需要一個可以不受宇宙熵增影響的防空洞。

書中似乎還留有冰河涼涼的氣味。昇惠多希望抱著書時，書中的寒氣可以漸漸冰封住自己的心臟。遺憾的是，嗅覺無法轉移到觸感上。取而代之的是，嗅覺轉移到了耳朵，昇惠清楚聽到了南極的風聲。

即使隔著厚厚的牆壁，彷彿也能聽到風聲。從南極回來六年後，昇惠產生了這樣的幻聽。昇惠打開窗戶，第十一次看到寧靜的夜晚時，才意識到外面一絲風也沒有。醫生說這是PTSD，建議她要充分休息。但耳邊風聲不斷，根本無法休息，所以幻聽一直如影隨形。就這樣撐了兩個月，幻聽才漸漸消失，但緊隨其後的是暈眩症。剛走進地鐵站，昇惠就因為頭暈而癱坐在電扶梯旁。直到有人報警找來醫護人員。昇惠一直蜷縮在角落，緊咬牙關，忍著不讓眼淚掉出來。醫生重複著同樣的話：

「這是遭遇創傷事件引發的創傷壓力症候群。妳需要充分休息，盡可能讓自己遠離悲傷。」

♡

周妍幫昇惠拉上太空服背後的拉鍊時又問了一句：「妳真的沒事嗎？」這是昇惠在穿太空服期間的第六次發問。

昇惠雖然覺得這樣的周妍有些多管閒事，但也意識到這是誰都能揣測出的心理陰影。意識到自己的痛苦並不特殊後，昇惠莫名獲得了一種安慰。周妍無法對昇惠頸部那有著六根手指的手掌刺青裝作視而不見，才會忍不住表達擔憂。

周妍幫昇惠拉好拉鍊後，昇惠轉身說道：「這麼偉大的相遇，怎麼能少了我。」

裝好相機和樣品瓶，昇惠戴上頭盔，坐進了探測船。準備就緒後，浩嫐和特蕾澤出現在大螢幕中。

「聽到我喊一，就拉搖桿。」艙內響起浩嫐的聲音。

昇惠坐在透明的艙內，腳下可以看到令人心驚膽戰的冰山。必須調整好蝴蝶號投放探測船的壓力，探測船才能不受氣流影響，準確地進入打好的洞口。昇惠握住搖桿，手套裡都是汗。

三、二……聽到浩嬿喊「一」時，昇惠拉動搖桿。探測船穿過大氣，迅速下降，進入伸手不見五指的黑暗後，昇惠再次陷入另一種無重力狀態。

蜷縮在羊水中的孩子長了六根手指，第六根手指長在與拇指對稱的位置。愁眉不展的醫生不斷放大畫面中孩子的手指，但昇惠的視線就只停留在羊水中蠕動的孩子身上。

「有問題嗎？」昇惠平靜地問。

「不，沒有問題，日後可以做截肢手術。」

昇惠沒有把醫生的話放在心上，她覺得只要孩子能活下來，有幾根手指都無所謂。

昇惠盯著畫面，開了句玩笑：「這孩子是為了方便拿手機，所以進化了吧。」

那天，昇惠第一次仔細端詳了自己一直逃避面對的孩子。確認懷孕時，昇惠剛結束短命的婚姻生活。經過漫長的爭吵，終於與丈夫達成協議離婚了。昇惠原本不想生下這個孩子，但錯過了送走孩子的時機。

「鼻子和嘴巴長得很像媽媽耶。」醫生看著畫面中的孩子，說了句讓人覺得有點可笑的話。孩子就像為了減輕媽媽的壓力，在出生時抹去了所有爸爸的痕跡。自從為孩子取了「祈主」這個名字後，昇惠想起了與沒有胎名的孩子初次見面時的場景。某些絕對的存在會隱於我們看不見的地方，為求生存而展開激烈的搏鬥。因為難以忘記自己體內劇烈跳動的小心臟、為承受痛苦而緊握的小拳頭，和那六根手指，以及每當自己說話時的胎動，所以昇惠無法將視線從凝視自己的陌生生命體上移開。

昇惠看到了比昨天周妍拍攝的照片更為進化的生命體，如同落葉般的六根手指。

返回蝴蝶號後，昇惠在根本不知是誰攙扶她的情況下，倏地陷入昏迷。

♡

只有藝娜能理解昇惠為何十年前要帶祈主一起去南極科學考察站。與其說理解，不如說是尊重昇惠的選擇。有人指責把孩子帶到危險的地方也是虐待兒童，昇惠瞪大了雙眼反駁。昇惠在南極期間，負責照顧孩子的前夫對孩子不聞不問，孩子挨餓了三天才找上昇惠的公司，聯絡上媽媽。昇惠接到電話後立刻飛回韓國。她不在乎身邊所有人的指責，緊緊抱著孩子上了飛機。慶幸的是，南極的隊員們熱情地迎接祈主，還準備了整個倉庫的零食給孩子。

祈主一點也不害怕每晚傳來的冰河怪聲，也不畏懼因海岸急遽下降而形成的冰冷沉降風。她就像南極的守護神，為南極帶來了好天氣，甚至召喚來很難遇到的極光。

祈主常說：「我不害怕，因為冰其實是熱的。」

早把孩子送進大學的隊長笑說：「十歲的孩子就是會講一些違背常理的話。」但昇惠始終覺得世間的常理其實是錯的，祈主的話才是對的。

昇惠執行勘查任務時劃破了手套，雙手凍出致命性的凍傷。祈主用六根手指緊緊握住昇惠的手說：「很熱的碰到稍稍熱的就會變涼。」

神奇的是，疼痛消失了。那不是心裡產生的錯覺和所謂的魔法。

「妳在幫媽媽治療嗎？」昇惠問。

「嗯，把手給我吧。」祈主用手指在昇惠伸出的手掌上慢慢畫起圓圈。「快快好起來，快快好起來……讓媽媽的痛苦全部消失吧。」

♡

昇惠睜開眼睛。張義義解釋，這是因水中壓力差異導致的休克。她把用粉末和乾海苔泡的熱湯端給昇惠，昇惠拿起湯匙，往乾裂的嘴唇間送了幾口海帶湯。

「妳這次拍的照片。」張義義讓昇惠邊喝湯，邊聽自己說話。「那個生命體，也就是萊西，一直在看妳。這表示萊西很有可能具備認知能力。但我們都覺得萊西的生長速度過快，這樣觀察下去不是辦法。」

昇惠喝完最後一口海帶湯，用紙巾擦了擦嘴角，拿著外套站了起來。張義義急忙阻止她。

「妳現在的體溫還很低。」

「所以要動一動體溫才能回升啊。我也想看一下照片。」

昇惠走進隊員聚集的觀測室。正如張義義所言，那雙與人類的瞳孔和虹膜相似的眼睛一直盯著昇惠。

指揮總部表示會增派環繞土星運行的太空船柳鶯號，打算活捉萊西帶回地球。因柳鶯號抵達需要一個星期，所以指揮總部又下令：若認為快速成長的萊西會對人類造成危害，可以在取得樣品後當場擊斃。但這種情況需要確切的證據。

沒有人提出反對意見，因為地球的安全最重要。而且大家心知肚明，如果確認萊西是會導致地球滅亡的生命體，那麼指揮總部也會毫不猶豫地摧毀蝴蝶號和這顆衛星。只是大家努力不去想那樣的結局，稍有不慎，所有事就會變成不幸結局的驗證過程。

但不管怎麼說，發現萊西都是一大驚喜，想到說不定日後會在科學教科書上看到彼此的名字，大家圍坐在擺滿食物的餐桌前，興奮地聊起了天。

「俗話說，韓國媳婦必須掀翻飯桌。因為很多事都不讓媳婦做，所以乾脆把飯桌掀了。」浩嫾在半空畫了一個圓桌解釋道。

特蕾澤和張義義露出不解的表情，彷彿在問，就只是掀翻飯桌？

「韓國人認為要吃白米飯才會有力氣，所以把吃飯看得很重要，無論遇到什麼問題只要吃飽飯就能撐過去。過去的人甚至還說，就算媳婦生病，也要起來做飯給老公吃——莫名其妙！自己吃不到飯，那就餓死好了。」

「所以妳也把飯桌掀了？」特蕾澤問浩嫾。

浩嫾搖了搖頭。「婆婆說只要我有能力，想做什麼就去做。問題出在我老公，他竟然問我，我走了誰幫他煮飯。我婆婆就把飯桌掀了，說自己沒把兒子教好。」

大家聽了都哈哈大笑。昇惠笑著把雙腿盤在椅子上，拿起桌上的肉乾正準備撕開時，突然察覺到大家都在看自己。雖然知道輪到自己發言，但昇惠笑著搖了搖頭。

「我沒什麼好講的，很早就離婚了，而且他也沒有父母。」

昇惠想敷衍過去的企圖在大家不肯移開的視線下宣告失敗。第二小組抵達蝴蝶號已經兩個月，一開始大家太忙碌，一直沒有閒情逸致坐下來聊天，所以現在誰也不肯輕易放過機會。無奈之下，昇惠放下撕開的肉乾，開口說道：

「我不會看男人，也沒有人教。唯一的朋友勸我慎重考慮這樁婚事，但我當時心太急，他也是一個人，很想彼此有個依靠。在一起時，我以為他有能力可以暫時帶我遠離現實，但婚後才發現他是一個不切實際的人。」

昇惠停頓了一下，把撕碎的肉乾倒在盤子裡。

「我媽和我的情況也很類似，她也跟我連長什麼樣子都不知道的男人離婚了。所以說遺傳騙不了人的，不會看男人這一點也像到我媽。記憶中她很少在家，也是個隨心所欲的人，雖然年紀輕輕就因意外過世了，但我相信她很享受人生。光看她的遺照笑得那麼燦爛就知道了。」

晚餐時間就此結束。洗完澡的昇惠沒有回房，而是去了觀測室。漆黑的觀測室只有大螢幕亮著，上面顯示著萊西的照片。昇惠伸手摸了摸畫面，想像著用力鼓動的心跳。喚醒記憶竟如此容易、也如此頻繁。

昇惠把手掌罩在畫面上彎曲的六根手指。

♡

南極下起了暴雨。之前暖季期的降雨量只有三百毫米左右，但從幾年前開始，以中心地區為起點，暖季期的降雨量已經達到六百毫米，如今就連寒季期也開始下雨了。這個時期下雨實屬罕見，雨水就像地球絕望的眼淚敲打著窗戶。用溫水洗完澡的祈主懶洋洋地躺在昇惠懷中，摸著她的手。

「媽媽，南極下雨的話，小企鵝會死掉的。沾在身上的雨水會降低牠們的體溫，會被凍死的。」

「妳怎麼知道的？」

「隊長叔叔說的。剛才我們還埋葬了一隻小企鵝呢。但是雨水為什麼要搶走企鵝的體溫呢？」

昇惠在祈主耳邊「噓」了一聲，闔上了雙唇。祈主也學媽媽的樣子「啊！」的一聲，緊接著閉上了嘴。越過敲打窗框的雨聲，遠處落在雪地上的、擊打冰山的、拍打大海的雨聲也漸漸變大了。祈主微微一笑。

「媽媽，我可以聽到遠處的雨聲。」

「為了記住永恆的瞬間，雨滴會把一切儲存在自己的身體裡。」

「所有的一切？」

「所有的一切。聲音、體溫，雨滴會把一切都帶走。」

「為什麼？雨是水，但水裡什麼也沒有啊……」

「不，妳看看手臂上的小痣，水裡存活著比妳這顆小痣還要小百億分之一的病毒，它們會帶走一切。」

「它們從媽媽身上帶走什麼了嗎？所以媽媽才要研究病毒？」

♡

被雨聲驚醒的昇惠意識到自己身處太空船後，慌張地跑出房間。聲音來自水管，浴室的淨水器壞了。已經全身濕透的特蕾澤正在用膠合板修補破損的部位，她叫楞在一旁的昇惠過來幫忙。昇惠趕快上前按住膠合板。臨時修補工作完成後，昇惠的內衣也濕透了。

清理完一片狼藉的浴室後，駕駛探測船去執行任務的張義義也返回了蝴蝶號。手抱頭盔的張義義看到正在擰乾濕毛巾的隊員，一臉慌張地說：

「萊西，萊西不見了。」

直到昨天都還待在同一個地點的萊西突然消失了。

♡

「我覺得最好等人來支援。」浩嬿說。

「他們要四天後才能抵達。我就去看一下，確認位置。」昇惠邊穿太空服邊說。

周妍和特蕾澤也決定陪昇惠一起潛入土衛二的海底，然後分頭行動，預計用一個小時尋找萊西。為了以防萬一，隊員帶上了發熱器。那是在水中可以透過高溫光線融化冰面的武器。昇惠再三叮囑大家，無論如何都不可以傷害萊西。

冰凍了幾千年的冰河融化，導致地球的海洋變成了死海。因起點位於南極，所以人類認為要想拯救大海，就要前往南極找出原因。研究人員發現，海洋之死的原因來自噬菌體的變異種對微生物的破壞，該變異種已在冰河下沉睡了數億年。若想阻止噬菌體，就需要能與之抗衡的新病毒，但人類的研究根本無法趕上海洋的死亡速度。土衛二的海洋與地球的海洋成分相似，環繞衛星的冰層冰凍住了微生物與病毒。人類喚醒了該衛星的主人，所以出現生命體是理所當然的結果。萊西就是這片海洋的主人。如果萊西攻擊人類，人類就該撤離。

昇惠在漆黑的深海中打開頭燈，呼吸聲清楚地傳入耳中。

越是追隨光線的方向下潛，昇惠越感到噁心，也立刻產生了耳鳴。雖然張義義說是因為水壓，但昇惠知道不是。為了保持清醒，昇惠瞪大雙眼，提醒自己必須撐下去。之前也潛入過深海啊。昇惠沒有特別喜歡大海，她只是心甘情願地前往所有病毒存在的地方而已。海洋中仍有很多不為人知的病毒，一想到海洋就是一個病毒集中地，也就不再害怕了。想到地球上的一切都是病毒的宿主，宇宙就是這樣的存在時，即使游在深海中也會覺得像是置身於宇宙。

直到昇惠徹底意識到地球上的生命體不只是病毒的宿主，也擁有個人的歷史與價值，但讓她意識到這一點的人掉進了深海，再也沒有上岸後，她就再也無法潛入海底了。光是雙腳踩在地面上就會頭暈目眩，地球變成昇惠無法生存的星球。因為那個讓她可以像病毒一樣寄生的宿主消失了。

光線無法抵達的地方一片漆黑，頭盔的螢幕上也沒有顯示發現生命體的信號。昇惠深吸一口氣，再慢慢吐出來，但神智似乎越來越迷糊。也許是太空船響起了昇惠處在危險狀態的警報，浩嫣立刻出現在畫面中。

「昇惠，快上來，快！」

昇惠搖了幾下頭，再次打起精神。為返回蝴蝶號調轉方向。這時，昇惠的呼吸聲突然變得急促。

「怎麼了？發生什麼事？」

即使聽到浩嫣心急如焚的問話，昇惠也沒有回答，因為萊西正在面前直視著自己。

萊西的身體就像水母般柔軟，外觀與人類相似，透過薄薄的表皮可以看到全身布滿像血管的紅線。但看不到心臟和其他內臟器官，也無法用肉眼識別鰓、嘴和生殖器。眼前的萊西正用黑溜溜的眼睛盯著昇惠。浩嫣的聲音也平靜了下來。她透過頭盔的鏡頭與昇惠一同屏息，注視著眼前神祕的海洋主人。萊西的身長約一百六到一百七十公分，頸部發出斷斷續續的黃光。同樣的現象反覆幾次之後，昇惠才意識到萊西是在跟自己說話。

萊西想說什麼呢？

昇惠伸手試圖碰觸萊西，浩嫣用強作鎮定的聲音勸她盡量不要刺激萊西。昇惠緩緩伸出手。萊西目不轉睛地盯著昇惠的手。昇惠看著萊西，確信萊西不會攻擊自己。直覺是人類大數據的總集合，在那當下與其做判斷，更該相信直覺。昇惠把手放在萊西的臉頰上，隔著厚厚的手套感受到的就只有像觸碰水母般軟呼呼的觸感。昇惠的呼吸變得平穩，心跳也恢復正常。浩嫣在太空船上監控著昇惠重返正常軌道的數值。

萊西握住昇惠的手，閉上眼睛，彷彿在懇求她多摸摸自己的臉。這一幕清清楚楚地烙印在昇惠心裡。漆黑的深海和緊握的手，萊西的手長著六根手指。

返回蝴蝶號的昇惠脫下頭盔，四名隊員立刻圍了上來。雖然這是首次與外星生命體近距離接觸，昇惠的反應卻異常平靜。

「萊西是有生命的。」

「什麼意思？」

「萊西生活在這顆衛星，就像我們生活在地球一樣。」昇惠遲疑了一下，語氣堅定地說：「我們應該讓萊西生活在這裡，不能把她帶回地球。」

當天，昇惠和隊員向指揮總部報告，希望繼續留下來觀察這個外星生命體，而不是帶回地球。但得到的回覆是否定的。指揮總部認為土衛二的地球化計畫是人類的希望，而且投入了天文數字的經費，必須成功完成任務。更重要的是，不可以做出威脅地球的行為。

昇惠不打算服從指揮總部的命令，她堅持必須在柳鶯號抵達前做些什麼。隊員們只是默默聆聽，沒有同意也沒有反對。這時，特蕾澤率先發問。

「我們該做什麼呢？」

「做來這裡該做的事。分析、觀察，讓生命得以生存下去。」

即使不能把萊西帶到蝴蝶號，但只要能獲得她體內的一滴水就可以了解她。透過分析萊西的基因組成，證明這個生命體不存在殘暴的基因。

那天晚上，周妍端著兩杯熱氣蒸騰的奶茶來到昇惠的房間。兩個人靠牆並肩坐在床上，就像在看電視一樣望著窗外的宇宙。寂靜在兩個人之間流淌了半晌。

十年前，兩個人在南極科學考察站相識。昇惠是為了調查南極的病毒，周妍則是想查明南極生態瀕臨危機的原因。周妍也在那裡遇見了祈主。雖然昇惠沒有親口說過，但周妍透過傳聞也聽說了祈主的事。所以她很清楚昇惠為什麼獨自來到這顆遙遠的衛星，為什麼不跟大家提自己的女兒。

「妳覺得剛才萊西說了什麼？」周妍問道。這是一個非常適合打破沉默的話題。

「不知道。怎麼可能聽懂呢。」

「早知如此，就該讓語言學家跟來才對，誰會想到在宇宙還需要語言學家。」

「也沒想到還需要研究病毒的人啊。早知道有這種需求，一定會有更多人從事這種研究吧，這樣就可以培養出更多比我有能力的學者了。這都是地球的判斷失誤。總之，那個小生命應該會說跟我們相似的話吧。」

昇惠用雙手握著杯子，剛才還熱騰騰的奶茶已經變涼了。

「很高興見到妳。我一直在等妳。」

「萊西真的會這麼說嗎？」

聽到周妍的發問，昇惠沒做出什麼特別的反應。萊西不會這麼說的，因為這句話是每次昇惠做完研究走進家門時，祈主對她說的話。祈主是一個很懂得委婉表達的孩子，她會像歡迎陌生人一樣笑臉相迎。

「很高興見到妳。媽媽，我一直在等妳。」

「有學者說，可以複製病毒宿主的基因，再傳播給其他生命體。」昇惠轉移了話題。「我的意思是，透過病毒追蹤其基因組就可以知道真相了。雖然目前還沒有這樣的實例，但不表示不可能。變化巧妙、快速的病毒欺騙人類，每年都會出現大量、新的病毒與我們共存，但我們也不知道啊。如果生命體的基因透過病毒進入基因體，最終地球上所有生命體就等於是混雜在一起的，所以從宇宙的角度來看，地球不過就是一個病毒。

「可笑的是，根本沒有人知道病毒為什麼，又是從什麼時候、在哪裡出現的。所以有人說，病毒存在於與我們不同的次元，比我們更高的次元。如果真是這樣，那病毒才是真正了解整個宇宙的主人。」

周妍邊聽邊皺起了眉頭，「但從理論上來說，病毒可以複製基因組嗎？」

「有一種叫『Phoenix』的病毒。有人做過這樣的實驗，從現在人類的變異體中掌握原有的DNA序列，再根據該序列合成DNA養殖在培養皿中，最後注入人類的細胞。結果發現，一些細胞生成這種新病毒，就可以直接複製DNA序列，感染其他細胞。」

「……」

「Phoenix的意思是『不死鳥』。」

「如果這是真的，那這種病毒為什麼至今都沒有複製、衍生地球的數千年的基因呢？」

「因為沒有這種必要。病毒本身就很完美、堅強，它們沒必要靠複製宿主來存活。不僅如此，它們一旦掌握基因序列，還可以讓一種生命滅亡。」

「所以說，身為學者的妳堅持主張觀察萊西，是為了先發現有可能複製其基因體的病毒囉？」

雖然並不是基於這個原因，但昇惠一時也想不出什麼特別的理由，於是點了點頭。

周妍意識到昇惠一口奶茶也沒喝，她看著昇惠不安的手，問道：「妳為什麼要來宇宙？」

如果是問工作，周妍自然知道昇惠在這次任務中扮演的角色，所以這個問題的另一個意思其實是：「妳為什麼要逃離地球？」

「地球讓我暈眩。」

失去祈主後，昇惠就像走在被布幕覆蓋的海面上，總是頭暈目眩。走在路上會突然像被地面吸住似的癱坐下去，路人彷彿也都變成了怪物。有時，昇惠還會覺得只有自己被淘汰了，只有自己沒有在進化。

準備離開房間的周妍回頭看向昇惠。

「聽妳這麼一說，我不禁覺得是不是病毒意識到地球已經不適於生存，所以打算讓一切滅亡、移居了呢？」

媽媽，螞蟻在搬家。這塊土地被汙染了，所以牠們打算一起搬去別的地方。這是不是病毒在利用螞蟻搬去別的地方呢？

昇惠緩緩點了點頭。是啊，很有可能。

科學競賽獲得最高分的韓國學生，和以相同方式選拔出的中國學生將一同前往南極進行為期兩週的探險。為調查地球的氣候變化，兩國政府投入了巨額資金，共同舉辦的冬令營也是其中一個計畫。這已經是四年前的事了。當時十六歲的祈主是韓國學生代表，在仁川機場出發前，她對記者說：「我們會平安回來的。」

看到在機場為自己準備了很多常備藥的昇惠，祈主忍不住念了一句：「媽，妳也要顧好自己的身體。」

昇惠再三叮囑祈主：「南極的冰川會無預警的坍塌，絕對不可以靠近海面。」其實昇惠該做的不是叮囑，而是阻止祈主去南極，抓住笑著說那裡是小時候和媽媽一起去過的地方的孩子。

事故都是意料之中的事，所有事故都是可預測的，只不過我們沒有辦法阻止。

♡

最好的方法是直接從萊西的身體取樣，但這樣做很危險。面對人類試圖傷害自己的行為，萊西如果變得殘暴也很合理，畢竟保護自己是所有生命的本能。他們最後選擇的方法是在萊西身邊進行觀察，採集排泄物。

昇惠堅稱自己沒事，但大家都不相信她。為了不讓大家擔心，昇惠只好獨自留在蝴蝶號。柳鶯號將於兩天後抵達，在此之前，必須在這顆孤寂的衛星上找到萊西的痕跡。除了昇惠，其他四名隊員潛入了土衛二冰冷的深海。昇惠透過螢幕觀察著深海的情況。

四格畫面中，她透過特蕾澤的鏡頭看到了萊西。昇惠放大畫面，只見萊西擺動著雙腿在游動。萊西一點也不像人魚，因為游動的姿勢略顯笨拙，速度也很慢。萊西的兩條腿上下擺動，每擺動三次，腳掌就會一合再用力一蹬地向前游去。昇惠知道這是一套特別的游泳法。她出神的看著畫面，直到周妍詢問特蕾澤位置的聲音喚醒了她。昇惠立刻確認後，傳送出海底的地形圖。

「特蕾澤在海嶺附近，那裡水流很急，大家要注意安全。」

萊西下沉，漸漸接近海底。抵達海底後，萊西就像在睡午覺一樣枕著手臂、抱腿蜷起身體躺了下來。

「等一下，不要靠近。」

透過特蕾澤的鏡頭放大萊西的樣子。看不出萊西在呼吸，她可能像水母一樣是靠皮膚呼吸。昇惠靠近螢幕。為什麼我會產生這種不可思議的直覺呢？為什麼我會不切實際地安慰自己妳還活著，而且一直游在深海之中呢？為什麼我會相信有一天還會再見到妳，而我們的離別就只是發生在地球上的事呢？

特蕾澤返回前，採集到了從萊西皮膚脫落下來的黏液。

♡

「媽媽是怎麼跟外婆告別的？」南極的雨聲清晰入耳的夜晚，祈主這樣問道。

「外婆走得很突然，所以沒來得及跟她告別。」

聽到昇惠的回答，祈主說了句：「好遺憾喔。」

「那天也下著大雨。其實我很想阻止外婆深夜出門，但嘴裡就像含滿了水，怎麼樣都開不了口。我蜷坐在沙發上，一邊聽著雨聲，一邊等外婆。那天的雨聲特別大，連掉在屋頂上的雨聲也聽得一清二楚。那場大雨帶走了外婆。沒關係，媽媽現在有了祈主，那天下的雨全部加起來也不及祈主的。」

「媽媽，難過時就學我，躺在床上像毛毛蟲一樣蜷起身體，枕著手臂。把身體縮成圓，很舒服喔。」

政府並沒有積極搜尋掉入南極深海的孩子們。

「您比誰都了解狀況，我們也很遺憾，但搜救人員也是別人的子女。」

昇惠的視線離開了畫面，她用手捂住臉。不該去想這些事，但身體已經被南極深海的冰冷徹底包圍了。昇惠抱住自己顫抖的身軀。

「那你們不要阻止我。」

「祈主媽媽，請不要這樣。」

「你們才不要這樣對我好嘛！」

刺耳的尖叫聲在體內迴盪開來。昇惠想起醫生說的話，慢慢地吸氣、吐氣，調整呼吸。潛入南極的深海，昇惠切實感受到了皮開肉綻的滋味，但這根本無法與聞訊趕來時所承受的痛苦相提並論。昇惠想像著蜷縮身體、沉睡在海底的祈主。因為沒有找到祈主的遺體，昇惠始終無法送走孩子。

昇惠透過pAFM（帶有探針的高分辨原子力顯微鏡）觀察目鏡中藍色的噬菌體形態。由頭部、頸部、尾部、微纖維和細尖構成的形態，與昇惠熟悉的噬菌體病毒完全一致。昇惠複製病毒、增加數量後，提取DNA，進而分析確認從該病毒複製的宿主細胞。這樣一來，就可以證明萊西對人類無害，而且是生活在這顆衛星的主人。在寂靜的研究室裡，昇惠獨自一人屏住呼吸，凝視著顯微鏡。

距離柳鶯號抵達只剩下六個小時了。

周妍看到研究室亮著燈，走進去卻沒有看到人影。

昇惠在周妍進來的幾分鐘前離開了研究室，她穿上太空服，坐進探測船。蝴蝶號的駕駛艙沒有人，但昇惠還是拉下了下降的控制桿。探測船下降至土衛二，穿過大氣層時顛簸得十分劇烈。昇惠緊握搖桿控制方向，但土衛二噴出的熱水擊中了探測船，受到衝擊，昇惠昏了過去。

♡

南極冰河隧道下方發現了一具來歷不明的生命體屍體。雖然該生命體形似章魚，但不知道牠的來歷。大家把屍體移到室內，打電話向研究所報告後，誰知才一眨眼，那個生命體就變成粉末消失不見了。雖然利用少許殘骸進行了分析，但得出的結果就只是「泥土」而已。來歷不明的生命體就這樣毫無痕跡地消失了。

「媽媽，牠到底是什麼？」
「不知道，可能是我們看錯了吧？」
「會不會是外星人？來自宇宙的外星人，發現在地球很難生活，就回自己的星球了。」

♡

昇惠醒來時，發現自己身在土衛二的冰面上。幸好昏迷時間不長，她打開艙門，艱難地爬到外面站起身來。頭盔傳來周妍的聲音：「妳待在原地，我們立刻去救妳。」

昇惠關掉了揚聲器。不遠處就是通往海底的Ｐ６點，她朝那個方向跑了過去。喂！喂！不知從哪裡傳來的聲音試圖叫住昇惠，但當下就算是綁住她的手腳，也無法阻止她跳進深海。

第一眼見到祈主時，昇惠便預感這個孩子將會占據自己人生的一大部分。除了單純血肉上的交集，昇惠覺得自己會與孩子成為並肩面對這個支離破碎的世界的夥伴。昇惠本能的感受到，因為這個孩子，自己將重拾好奇心和求生欲。

昇惠持續下潛，不知不覺間，每滑動一下雙手便會看到透明的小魚團散開。牠們很像水母，又小又圓的身體上有著細長的纖維。小魚團看似是在逃亡，又像在為昇惠引路。昇惠跟隨牠們指引的方向游去，看到了像毛毛蟲那樣蜷縮身體、躺在那裡的萊西。

昇惠找到萊西後才意識到自己沒有找出真相的方法，因為她無法與萊西溝通。如果時間充足，至少還能冷靜思考一下。萊西來到昇惠面前，頸部再次發出黃光。萊西在對昇惠說話，如果能有彼此都懂的信號該有多好……這時，昇惠腦海中突然閃過一幅畫面。雖然明知不可能，也知道這是多麼痛心且哀傷的舉動，但她還是伸出了戴著手套的手掌。

她知道等返回蝴蝶號後，一定會嘲笑自己的愚蠢，最後失聲痛哭。在確認自己根本沒有走出痛失祈主的回憶後，她一定會崩潰。但如果能夠找到證據證明自己的想像，昇惠願意拋開一切擁抱萊西，哪怕是永遠留在這裡。

看到萊西用手指在自己的掌心畫圈，昇惠立刻解開了頭盔的安全裝置，她脫下所有衣服和手套，用赤裸的身體擁抱了萊西。

擁抱著冰冷的生命體，昇惠卻感受到了溫暖，自己被溫暖擁入了懷中。身體漸漸接近海底，她想起祈主特有的游泳姿勢。伴隨著暈眩，關於祈主的記憶如氣泡般湧了上來。從在機場與祈主的最後一面開始，所有記憶就像慢行列車的窗外風景那樣倒敘而過。除了那些用相機清晰捕捉的記憶，還有只屬於母女倆的私密回憶。即使不努力，昇惠也進入了那個記憶鮮明的世界。

萊西把雙臂伸到昇惠腋下，臉頰貼在昇惠的肩膀上，緊緊抱住了她。四周響起了雨聲。

也許是因為記憶回到了在南極聆聽雨聲的那一天，雨聲愈來愈小，祈主的身體也變小了。爬回搖籃的祈主，最終進入了昇惠的身體，回到最初相見的那一刻。祈主所在之處漆黑一片，分不清是羊水、深海還是宇宙。逐漸脫離人類形態，變回胎兒的祈主變成了很多小圓點，最終成為下著雨的黑暗背景。

一條筆直的線垂直而下，線折了一下、一下又一下，最後把雨水困在了裡面。在下雨的夜晚，用昏昏欲睡的雙眼望向窗外的人正是昇惠。

「我很快就回來。下雨了，記得關窗。」

穿鞋聲傳來，昇惠轉頭望向玄關。媽媽站在鞋櫃前，照鏡子整理了一下頭髮，從鞋櫃取出一把長雨傘。

「昇惠，妳在想什麼？還沒睡醒啊。」

不要走。妳今天出門的話，就再也回不來了。車子會因下雨路面打滑撞向妳，妳手中那把雨傘會飛出去。我們會連告別的時間也沒有。雖然昇惠很想告訴媽媽，但她一張口跑出來的都是氣泡。昇惠想大喊，妳知道我坐在沙發上等了多久嗎？等了一天妳也沒有回來！當下未能講出口的話，無論以任何方式都無法傳達給對方了。昇惠懇切地祈禱可以重返過去，哪怕一次也好，希望把媽媽錯失的人生還給她。但那天，她就只是無力地注視著一切發生。

即使已經到底了，昇惠還是覺得身體在下沉，衛星溫暖的氣溫包裹住全身。昇惠覺得體內充斥的暈眩變成氣泡排出了體外。那是自那天以後，她第一次感到舒適。

就像抱著祈主躺在客廳午睡一樣。

♡

昇惠醒來時已經回到蝴蝶號了。隊員告訴昇惠，搜救船趕到時，萊西把她交給了周妍。昇惠也告訴大家，萊西的基因序列與地球生命體相似，萊西來自地球。

昇惠要求指揮總部撤回捕捉萊西的命令，結果還是被拒絕了。但這次昇惠沒有妥協，她一把抓過亮著紅燈的麥克風。即使身上的毯子還在滴下如樹液般的水，昇惠也沒有顫抖，因為她沒有理由感到寒冷。

昇惠比任何時候都嚴肅，頸部的青筋凸起，怒不可遏地喊道：「請撤回柳鶯號的支援命令。萊西沒有攻擊性，是她用自己的體溫救了垂危的我，並把我交還給其他隊員的。再次請求撤回命令！請撤回為捉捕萊西讓柳鶯號支援的命令！萊西是這片海洋的生命。她必須生活在這裡，她是這裡生態界的主人。我們任何人都沒有權力把她帶回地球。請你們不要再以人類的身分驅趕其他星球的主人了。把萊西帶回去，只會讓她送命。」

浩燃緊緊抓住昇惠的肩膀，太空船的窗外可以看到正在靠近的柳鶯號。

片刻過後，柳鶯號靜止了。柳鶯號的燈光就像在怒視蝴蝶號，但過了一會後就調轉了方向，離蝴蝶號越來越遠。

「撤回命令。再次確認，撤回命令。蝴蝶號可以申請補充人手，繼續觀察萊西。再次確認，為保護萊西和那裡的生態，蝴蝶號可以申請補充所需的人手。」

♡

地球傳來消息，成功開發出了擊退變異噬菌體病毒的疫苗。人類正為找回失去的海洋竭盡全力。與指揮中心通話結束後，昇惠離開座位。她的腳下依然是土衛二耀眼的冰面。萊西靠捕食小魚為生，並漸漸長出了嘴和鰓，手指與腳趾間也長出了鰭。從萊西體內排出的浮游物中還長出了珊瑚。

昇惠每天都會從冰縫進入深海，即使她不呼喚萊西，萊西也會朝她游來，無論從多遠的地方。

♡

語言學家召集了成員，對萊西使用的語言進行了六個月的分析，今天終於有了結果。昇惠看著語言學家。語言學家在昇惠和隊員面前傳達出萊西的第一句話：

「很高興見到妳。我一直在等妳。」

某種物質的愛

我人生遇到的第一個難題就是不知道自己是男是女。

然而要找到這個難題的源頭，就必須追溯回我幼稚園的時候。

多虧了那個愛挖肚臍然後聞手指的朋友，我才在七歲那年知道自己沒有肚臍。現在想來，朋友的習慣實在有點噁心，但託他的福我才知道了自己身上沒有那個只要是人、無論男女老少都會有的「東西」。

我舔著會把舌頭染成藍色的棒棒糖說：「你這樣挖，不挖出洞才怪呢。」

朋友瞥了我一眼，轉身不讓我看他的肚子。我當時真的覺得事情大條了，因為我看到原本應該像烤雞蛋一樣光滑的肚皮上出現了一個洞，總覺得他午餐吃的東西會從那個洞流出來。

我抓住朋友的手阻止道：「你再挖就真的要破洞了，趕快去找老師塗點藥吧。」

就這樣，我們大吵起來，朋友嘲笑我連肚臍都不知道，我一時惱怒，狠狠彈了他的腦門一下。刺耳的哭聲響起後，我們就被送到園長室了。

園長聽完我的描述，哈哈大笑起來，然後對朋友說挖肚臍很不衛生，而且挖太深會肚子痛。

園長又轉頭安慰我：「果玄是擔心朋友肚子痛，朋友卻說你是笨蛋，所以傷心了吧？」

園長已經最大限度的考慮到雙方立場了。這件事多少給我帶來了衝擊，而且因為我，園長檢查了所有孩子的肚子。結果可想而知，只有我沒有肚臍，於是園長急忙打了電話給媽媽。

媽媽在寒冬之中、腳踩在醫院穿的拖鞋趕到幼稚園。現在想來，當時的情況實在好笑。園長只是請媽媽趕快來一趟，但沒提我沒有肚臍的事。如果園長有先把話說清楚，媽媽肯定會說：「啊，是喔？我這就過去，但可能需要點時間。」總之，媽媽以為我是和朋友吵架或突然生病了，匆忙趕到幼稚園，才從精疲力盡的園長那裡得知我沒有肚臍的事。媽媽無奈地笑了笑，但在意識到旁人的眼神後，立刻裝出驚訝的表情。

「我家孩子的確有點特別。」

「不，果玄媽媽，這已經超出特別的程度……」

「但沒有肚臍也是有可能的吧？」

「嗯？」

「園長，我是護理師，護、理、師，我很了解的。」媽媽盯著園長的雙眼字正腔圓地說道。越是發表毫無根據的主張，越要理直氣壯，這是媽媽經常使用的祕訣。就好比堅稱地球明明是方的，為什麼非要說它是圓的學者一樣。媽媽堅定的胡說八道動搖了園長的立場，認為沒有肚臍也是有可能的。就這樣，我從媽媽身上了解到，這個世界很好騙。

媽媽說要帶我回家找肚臍，提早把我接走了。回家路上，她打電話到工作的內科醫院請假，說要照顧生病的孩子。老城區的醫院下午十分清閒，因為老人們都會在早上來看診。每次我去醫院，朴護理師都會給我糖吃，崔醫生也會讓出自己的位置給我坐。她們是我喜歡的人類中為數不多的兩個人，媽媽總是用「義氣」來形容與她們的關係。

那天我們回到家，吃完一罐黃桃罐頭和三個從便利商店買回來的烤地瓜後，睡了個午覺。我很好奇自己為什麼沒有肚臍，但等睡醒再問也不遲。

大家知道為什麼會長肚臍嗎？除了小孩，應該沒有人不知道吧。以哺乳動物降生的生命體為了從母體獲得養分，都需要臍帶，臍帶脫落的地方就會長出肚臍。也就是說，如果是從母親肚子裡生出來就一定會長肚臍。但我沒有，無論怎麼觀察肚子，就連後背也找不到肚臍的痕跡。我連頸部、臀部和大腿都找遍了，就是沒有，最後只好放棄，因為這是我無法製造的東西。

我上網搜尋沒有肚臍的人類，看到令人不悅的留言後，又輸入「沒有肚臍的哺乳類」。結果發現只有一個傢伙和我一樣，那是一種名為鴨嘴獸的哺乳動物，既沒有肚臍，嘴巴也長得很奇怪。但問題在於，我從牠身上也找不到自己的起源。

自從知道自己沒有肚臍後，我感覺身體變奇怪了。百思不解，為什麼會這樣呢？但我連一個理由也找不到。當時只有七歲的我為了找肚臍，展開絕食抗議。但媽媽也沒有強迫我去幼稚園，她絲毫不以為意地去上班了。

肚子餓了，我就拿出冰箱裡的小菜配飯吃，然後洗好碗筷假裝自己什麼也沒吃。我的行動非常謹慎，維持著冷戰的狀態。冷戰漸漸接近尾聲時，媽媽買了一份炸雞回來。一打開包裝盒，甜醬炸雞的香氣立刻瀰漫開來。媽媽用跟甜醬一樣甜的聲音呼喚我的名字。聞到香氣後，肚子更餓了，但我還是沒吃，並且大吼一聲「為什麼不給我做肚臍」後，狠狠關上了房門。媽媽看到我這樣，拿起廚房的剪刀衝進了我房間。

「你過來，我現在就幫你鑽個洞。」

媽媽可怕極了。她一把抓住躲閃的我，用雙腿牢牢固定我，接著掀開我的衣服。由於太怕她真的用剪刀在我肚子上鑽洞，我號啕大哭起來。媽媽真是有夠狠！當時只有二十七歲的媽媽比起仁慈和雅量，更多的是霸氣和熱情。媽媽硬是戳了一下我的肚皮。當然，是用手指。

「噓！不要哭了。你倒是說說看，為什麼想要肚臍？」

我從沒想過這個問題，所以抽抽噎噎地說：「這是本來就該有的啊！」

「哪有本來就該有的東西？」媽媽反問。

我覺得媽媽是在威脅我。七歲的我怎麼可能說得過二十七歲的媽媽。但這也不是誰說得過誰的問題。現在的我也不得不承認，媽媽說得沒錯。我無話可說，只好閉上了嘴。

「沈果玄，你聽好，這世上沒有『本來就應該』這種事。沒有什麼是理所當然的，所以同學說的那些理所當然的事，說你很奇怪，統統不用放在心上。你們都還小，就只是想說一些傷人的話而已。知道了嗎？」

「……」

「知不知道？」

「知道了。但是，媽媽……」

「怎麼了？」

「為什麼要說傷人的話呢？」

媽媽沉思片刻，放開了我，然後把雙手放在我的腋下，撐著我站起身來。她理順我凌亂的頭髮，突然用雙手緊緊按住我的頭，就像要我牢牢記住什麼似的說：

「有時候，人們會毫無緣由地討厭別人、傷害別人，所以根本不用去想對方為什麼要傷害自己。」

雖然我又產生了更多疑問，但還是點了點頭，因為覺得應該這樣做。媽媽似乎對我的反應很滿意，臉上綻放出笑容。她教我等一下，然後起身走進房間，取來一個用美麗綢緞包裹的小盒子。盒子裡裝著我的開始，我的起源。

說來難以置信，但媽媽的確說盒子裡那三塊蛋殼就是我的起源。那不是翡翠綠或軟陶般精美的白色，就只是很大的鵪鶉蛋——竟然是一顆蛋！這世上應該沒有比這更驚人的出生祕密了吧！起初我並不相信，還等待媽媽笑著說我被騙了，這只是一個玩笑，但直到今天她也沒改口。也許是因為不相信，所以衝擊才稍微小了一些。可是從各種情形來看，我又無法徹底否認這件事。

「你不是從媽媽肚子裡出生的，是從蛋裡出生的，所以才沒有肚臍。」

「……」

「又受到打擊了？果玄啊，不是只有你從蛋裡出生，地球上很多生命體都是從蛋裡出生的！」

我哭笑不得。這既像是童話，又像是詛咒。總之，我來自一顆蛋。我用自己的小拳頭打破蛋殼，來到這個世界。媽媽說，沒有比這更驚豔的誕生了。

值得安慰的是，這世上不是只有我一個人類破殼而生，還有赫居世居西干[1]。雖然人們說這是利用神話來凸顯始祖的超凡，但我覺得他們根本不知道有些人類確實會從蛋裡出生。赫居世居西干分明就是來自那顆蛋。

那天除了肚臍，媽媽還講了很多祕密，其中之一就是我沒有性器官。在此之前，我一直以為自己是女生，因為媽媽叫我女兒。後來才知道只是因為媽媽更喜歡女兒而已。媽媽說，這個社會如果看到女人一個人撫養兒子會招來同情，她不想被同情，所以把我當成女兒。這件事和沒有肚臍一樣都讓我大受打擊。

雖然我覺得很奇怪，但又說不出哪裡奇怪，因為媽媽說這沒有什麼好奇怪的。我實在欲哭無淚。媽媽說完這件驚人的事後，津津有味地吃起炸雞。總之，媽媽真的很奇怪。但多虧了她的奇怪，我才很奇怪的沒有很在乎這件事。

儘管如此，我的人生並沒有一帆風順。在遇到初戀時，解決了長期困擾我的第一個難題，但同時又冒出了第二個難題。

♡

國小六年級時，我喜歡上了班長。班裡最矮的珉赫長得白白淨淨，戴著一副黑框眼鏡，說

---

1 朝鮮半島三國時期新羅的始祖。傳說六個村莊的首領討論建國並推舉國王時，一束奇光從天而降。人們在奇光所到之處發現一顆巨蛋，一個男孩從蛋中破殼而出，就是赫居世居西干。

話十分斯文，而且成績也很好。班上女生不是對珉赫抱有好感就是暗戀他。大家都知道，和那些像野獸一樣在走廊上狂奔的男生比起來，珉赫成熟穩重多了。我也未能避開這種趨勢。

國小時，每週都會在學校旁的文化中心上一次游泳課。大家會從家裡帶泳衣，然後在更衣間換。我沒有上游泳課。每學期媽媽都會編造各種我不能上游泳課的理由，所以我只能坐在泳池邊看大家上課。那時陪伴我的人就是珉赫。我記得珉赫的身體不好，至於哪裡有問題就不得而知了。總之，珉赫會陪我一起坐在泳池邊。老師說，其他同學游泳時，如果我們做功課是不公平的競爭，所以訂了游泳課時不許做任何事的規定。得益於此，我才能和珉赫親近起來。如果老師沒有訂這種規則，我們可能一學期也講不到一句話。

珉赫喜歡畫漫畫。即使放學後，他就得立刻坐上等在學校正門的車，在晚上十點之前輾轉於各大補習班，但有空時還是會拿出本子畫畫。喜歡看網漫的我讓珉赫給我看看他的畫。珉赫說從未給人看過自己的畫，還很浪漫地說我是他的第一位讀者。就這樣，我像每週等待網漫更新一樣，等著看珉赫的漫畫。雖然筆觸還很粗糙，但人物都很有特色。比起主角，我更喜歡主角的朋友。有一天，主角身邊突然出現三個妖怪，向主角求助，說自己居住的世界出現了一個大惡魔。漫畫的主要情節就是主角要去拯救妖怪的世界。我相信那個主角就是珉赫本人，他把八個補習班拋在腦後，奔向了需要自己的世界。

當我提出要去補習時，媽媽把剛送進嘴裡的泡麵吐了出來，瞪大眼睛盯著我。她的目光銳利，像算命先生那樣問道：

「你有喜歡的人了？那個孩子有上補習班？」

既然要說謊，就該厚著臉皮，但我愣了一下，還勃然大怒地吼道：「才不是呢！」

媽媽噗哧笑了出來，再次夾起泡麵時，突然一臉嚴肅地問：「女生？還是男生？」

「……我們班的班長。」

「珉赫？那個又矮又白的小傢伙？」

「幹嗎這樣講人家！」

「瞧你發火的樣子，簡直被愛沖昏了頭。」

媽媽說需要一天時間考慮。真不知道這種事有什麼好考慮的，但因為媽媽得出補習班學費，我只好乖乖等了一天。第二天，媽媽把信用卡交給我，讓我去補習班報名。

「如果覺得身體出現異常，記得要跟我說，知道了嗎？」

雖然不明白媽媽的意思，但我還是點了點頭。如果早知道這句話如此可怕，我一定會很小心的。

總之，沒想到立刻就會遭逢劇變的我，報名參加了珉赫去的八個補習班中的作文補習班。其實英語和數學補習班也去過，但成績落差太大，不能和珉赫一起上課。原本只是因為與珉赫程度差不多才去作文補習班，竟出乎意料地讓我發現了自己的才能。去了補習班後，我只要參加作文比賽就會得獎，那時候累積的實力也奠定了七年後的大學科系。從各方面來看，那一年都是我人生中最重要的起點。

與珉赫初吻之後，我的身體出現了媽媽說的「變化」。

去作文補習班大概三個月後，我在補習班所在的商街後門向珉赫告白。那是夏天快要結束的八月末，我利用珉赫趕往下一個補習班前的十分鐘空檔，慌慌張張地告了白。

我原本打算如果被拒絕就要使用暴力，還下意識地緊握了拳頭。但珉赫揉了揉鏡片後的眼睛，點點頭。隔天見面時，我們交流了彼此喜歡對方的原因。我告訴珉赫，我喜歡他白皙的皮膚，也喜歡他用功讀書的樣子，而且不講髒話，以及他雖然數學很好，但最喜歡國文。最重要的是，每次上游泳課時，他都會為了不讓我無聊，先上網找一些有趣的故事告訴我。

珉赫說喜歡我是覺得我很特別。當我反問是什麼意思時，珉赫說自己也說不清確切理由，就是覺得我很特別。他還說，有時會看到我的身體因泳池水波的反射而發亮。當時我覺得這只是珉赫情竇初開的戀愛濾鏡而已。

初吻發生在告白後的第四天。在我告白的那個地方，我們吻了彼此。就在我們的雙唇重複著貼合動作的期間，我的身體就像被加熱了一樣。我以為這種感覺是肢體接觸而引發的性欲，否則也無法解釋這種興奮感。問題在於，這種興奮感持續了一整天。因為實在無法忍受從胸口到脖子的憋悶感和高燒不退，隔天我只好把身體狀況告訴了媽媽。媽媽開門見山就問是不是跟珉赫接吻了，我只好如實坦承。於是媽媽打了電話給老師，說我生病不能去上學。

媽媽讓我坐在餐桌前，盯著我的眼睛，表情十分嚴肅地說：

「果玄啊，因為你愛上了珉赫，所以從今天起，你會變成男生。」

「……蛤？」

我無言地笑了出來。但不知道該說什麼，只是靜靜望著媽媽。媽媽的態度卻異常嚴肅。

「你會變成男生，在與珉赫相愛的期間。」

「媽，妳認真？」
「這跟我認不認真沒關係。這是事實。你不接受也沒辦法，因為無法改變。」
「那我以後會怎樣？」
「什麼怎樣？就會擁有男生的荷爾蒙啊，其他就沒有什麼變化了。但你得知道這件事，才不會被日後身體出現的變化嚇到。」

♡

媽媽說的是真的。因為還沒迎來第二性徵，所以幾乎沒有變化。但在第二性徵發育後，還是無可避免的出現了一些變化。我的喉結微微凸起，聲音變得低沉，人中的汗毛也稍稍變多了。但後來我讀的是女中和女高，所以在社會上我依然是女生。但無論我是無性別或同時擁有兩種性別，媽媽都把我看作女兒，之後我也選擇了女性的性別，所以身體上的變化並沒有給我帶來多大困擾。

升上國中沒多久，我便和珉赫分手了。我就讀離家很近的女中，珉赫則搬去教育環境更好的地區，自然而然就疏遠了。雖然我在女中出現男性的第二性徵，但女中的特殊性掩蓋了我的變化。在大家眼裡，我只是個變聲比較嚴重的女生。

我的性別發生第二次變化是在國二，為我帶來變化的主角是大我一年級的學姐。入學時我就注意到學姐了，其中一個原因是她的名字讓人印象深刻，叫「草葉」。另一個原因是因為她是學生代表，為歡迎新生入學在典禮上演奏了一首鋼琴曲。學姐正在為報考藝術高中做準備，聽說她從七歲開始彈鋼琴，至今已經獲得了二十多個獎項。

「大學畢業後如果運氣好就出國，不好的話就開一間鋼琴補習班。」

學姐是一個很消極的人，跟她聊天會讓人洩氣。但我還是愛上了學姐，因為與她相處很舒服。就這樣，學姐成了我國中生活裡唯一的喘息空間。我很喜歡學姐的單眼皮，每當她笑起來，眼睛和嘴巴都會彎成小月牙。我很喜歡這樣的學姐，喜歡到難以用言語形容。

放學後，我和學姐在教室裡第一次接吻了。那是舌頭相碰、軟乎乎、全身發癢的深吻。我很快就出現了變化。那天晚上我渾身發熱，胸部又痛又脹。雖然胸部沒有突然變大，但還是稍稍隆起，人中的鬍渣也變淡了。交往十天後，學姐說，我突然變漂亮了。

「你覺得漂亮的標準是什麼？」

「嗯……氣質？」

「那我的氣質變了嗎？」

「嗯。」

「變成怎樣？」

「變成我喜歡的氣質。」

學姐說彈鋼琴一直讓她壓力很大，但看到我壓力就沒了。我們會在上課時裝病，然後約在保健室見面。為了不讓保健老師看到，我們會拉上隔簾，躺在同張床上睡午覺或聊天。學姐總會緊緊握住我的手，她那長長、纖細的手指包著我的手，十分舒服。

有一天，我們仰望天花板，並肩躺在保健室的床上，學姐突然轉頭看向我的胸部。我剛上完體育課，只穿著白色短袖T恤。我跟隨學姐的視線看向自己的胸部，這才發現沒有穿胸罩的乳頭凸了起來。學姐噗哧笑了出來。

「你的胸部也很小欸，跟我差不多。」說完，學姐側身轉向我。「我可以摸摸看嗎？」

我點點頭。學姐用手指摸了摸T恤凸起的部位。我既沒有感到奇怪，也不覺得癢，就只是覺得有人摸了一下凸起的肉而已。自那之後，每次我們約在保健室見面時，都會很大方的把手伸進對方衣服裡。有時摸著摸著還會突然大笑，當聽到開門聲，我就會立刻爬到隔壁床上。

跟學姐交往時我非常幸福。在我的人生裡，除了跟年少無知的珉赫談情說愛，能讓我從愛情中感受到幸福的人就只有學姐。跟學姐分手後，媽媽安慰我，以後還會遇到這樣的愛情，但那是謊言。那種愛情一生只能遇到一次，也可能根本遇不到。人生在世，一定要感恩曾經有過那樣的愛情。

有別於往常，學姐背對我躺在保健室的床上。我以為她睡著了，但隱約傳來了呻吟聲。學姐的小腹和後腰貼著熱敷墊，她在努力讓自己入睡。我一頭霧水，但學姐拜託我撫摸她的背。那天是我第一次聽說經痛。雖然我的體內也有像子宮一樣的空間，卻沒有女性的生殖器。媽媽說，那是與膀胱相連的器官，與男性的生殖器結構相似。

一個小時後，學姐的痛症才消退。我不禁產生疑問，為什麼只有女生會經歷這種痛苦呢？

「你沒有經痛嗎？」

「我沒有月經。」

我坦白講出這件事，學姐反倒羨慕不已。

「你還沒開始啊？真好。這麼痛的事越晚經歷越好。我十一歲初經就來了。」

現在回想起來，當時很多那個年紀的同學都有生理期了。

「那是什麼感覺？」

「嗯？」

「初經的時候。」

我問了自己無法經歷的事。這輩子我都不可能知道那種感覺。

「好像是很想大便。我以為要大便，跑去廁所坐了二十分鐘，用了半天力，結果出來的不是大便而是血。真是莫名其妙。」

學姐每個月都飽受經痛之苦。要是我也有生理期，是否就能體驗學姐的痛苦呢？但再怎麼想，痛苦都不是體驗的問題，能否感受那種痛苦一點也不重要。因為與我的感受無關，學姐一直都很痛苦，所以我更竭盡所能地撫摸著她的背。

學姐考上夢寐以求的藝術高中後，開始服用安眠藥和抗憂鬱藥物。約會從一週一次變成一個月一次。學姐每天都要練琴練到深夜十一點，但不能說這是導致憂鬱症的原因。學姐從未訴苦，但我認為她之所以憂鬱，是因為整日關在沒有窗戶的琴房，不知道外面是白天還是黑夜。

我們自然而然地斷了聯繫。起初我無法接受分手的事實，六個月後才終於面對現實。我反覆回想與學姐的最後一次通話，這才意識到她和珉赫講了相似的話。

「果玄，你知道嗎？有時候，你的身體會像反光一樣閃亮亮的。美極了！靜靜看著你，會覺得你真的很耀眼。」

我直到現在也沒有聽說學姐的消息，希望她治好了憂鬱症，過著幸福的生活。無論是去國外還是開補習班，我都希望她能彈著自己最愛的鋼琴，好好生活。希望學姐幸福，沒有任何理由。就像當年無法感受痛苦，但還是願意撫摸她的背一樣。因為愛過她，所以這種期盼也是理所當然的。

♡

自那之後，我也沒有停止談戀愛，短則一週，長則兩個月，一直持續著。我沒有在意對方的性別，對方也沒有發現我身體的變化。從那時起，我透過自己領悟到，不必在意人們口中「要像個女生」或「要像個男生」的評價了。這種領悟讓我覺得自己比別人更自由，但有時也比別人更痛苦。

我也交往過很多不值一提的對象。有的人只是為了跟我上床，有的人為了探索我的身體會做出殘暴的性行為，甚至有人跟白痴一樣把我當成怪物，摀著嘴落荒而逃。遇到這種人我會很受傷，但會努力假裝沒有受傷。愛是理所當然的事，即使有時我也會懷疑有必要這樣做愛嗎？但如果不做理所當然的事，就等於否認自己是理所當然的存在，出於好勝的心態，我沒有停止去愛。我的苦惱完全來自「我的身體」，但媽媽始終對此不聞不問。

「既然你都來到這個世界了，還需要什麼真相呢？」

媽媽的態度令我心煩意亂，但也無話可說。託她的福，我才能在掉進苦惱深淵的瞬間立刻被彈出來。

「我也不想苦惱這些，但就是會想啊。」

「有雜念時就去讀書，把精力集中在別的事情上就不會想了。」

於是我按照媽媽教的，每當產生雜念時就去讀書。被惡夢驚醒的凌晨，我也會立刻坐到書桌前。得益於此，原本成績很普通的我，從高二開始漸漸進步。我對讀書並沒有興趣，只是覺得提高分數很有趣。媽媽的方法很有效。如果那時媽媽沒有這樣教我，我就會陷在沒有答案的苦惱中虛度光陰。

大考結束後，我如願考上國文系和電影系。我和媽媽坐在餐桌前煩惱該如何二選一，媽媽問我為何選擇這兩個系，我說念國文系可以寫小說，念電影系可以寫劇本。媽媽說如果是這種理由，那就選國文系。我反問為什麼，媽媽說，寫小說失敗比較沒那麼痛苦。隔天，我去電影系繳了學費。就算失敗，我也想狠狠失敗一次。

我不後悔我的選擇，看到入學典禮當天，電影系學生比其他系的髮色豔麗繽紛時，甚至更滿意這個選擇了。雖說藝術等於自由已經是老生常談，但大學果然還是學習老學問的地方。擔任學生會長的學姐專攻表演，入學典禮當天，學姐紮著亂蓬蓬的頭髮，穿著系上製的長款羽絨衣，腳踩拖鞋。典禮期間還站在最前面猛打哈欠，結束後，她向我們解釋因為昨晚熬夜背劇本，早上才睡了一下。

「初次見面本該講究禮節，真是對不起大家。但這樣不是更拉近了我們的距離嗎？我們系的人都這樣喔。」

學姐知道嗎？那天她給大家留下非常有藝術感的印象，包括我在內。入學當天，我努力提醒自己不要誤會學姐多次看向我的意圖，但我暫時不打算談戀愛的決心也蕩然無存了。

媽媽開始擔心我了。因為隨著漸漸長大，我與戀人的肢體接觸也越來越親密。但她並不知道這世上也有對肢體接觸無感的人。當然，起初我也和媽媽一樣，在遇到這樣的人以前，我一直以為只有自己會因為沒有能感受性高潮的身體結構，所以興奮不起來。也就是說，二十歲時交往的學姐打破了我的既定觀念。

學姐是戲劇組，雖然專攻表演，但戲劇組只有七個人，所以從舞臺演出到劇本都要參與。因此學姐寫起了劇本，而那個劇本成為我們拉近距離的契機。

開學幾週後的三月，我為了印報告匆忙跑到系辦公室，向老師說明情況後使用了影印機。就在那時，我看到了影印機旁垃圾桶裡有學姐的劇本。辦公室的影印機只有教職員可以使用，看來前輩們都偷偷跑來印東西。我瞄了幾眼垃圾桶裡的劇本，最後拿著報告和劇本走出辦公室。反正又不是偷東西，只是從垃圾桶裡撿走別人不要的東西而已，但我的心跳得劇烈無比。我熬夜讀了學姐的劇本，並不是因為劇本很有趣，而是很欣賞學姐透過角色臺詞，表達了世界的不合理。

我始終無法擺脫私下偷偷閱讀別人創作的罪惡感，所以在第一次參加系上聚會時向學姐坦承了這件事。酒館瀰漫著嗆人的酒氣，我悄悄溜出來，碰上正在巷子裡抽菸的學姐。也不知道當時哪來的勇氣，只是想抓住當下的機會吧。學姐聽完放聲大笑起來。與入學典禮當天的穿著一模一樣的學姐熄滅煙蒂，問了我的讀後感。

「那是被退回來、沒人要的劇本，你覺得怎麼樣？」

「好也不好，既有趣又無聊，但我還是想看……」

「嗯？」

「學姐還沒寫的下一個故事。」

學姐誇我很會說話，還說我應該很會寫歌詞。我立刻說自己不僅喜歡閱讀，也很會寫評論。但問題是，我一次評論也沒寫過。自那之後，學姐開始邀請我到家裡作客。我閒來無事就會讀學姐寫的劇本，偶爾還會睡個午覺。有時甚至一整天都待在學姐家。

學姐一個人住在位於學校大門前一幢五層樓建築的頂樓，一樓是一間便當店。那是一間有廁所，臥室、客廳和廚房相連的單人房，學姐說選這裡是因為採光好。我立刻明白了學姐的意思，因為只要有太陽，一整天即使不開燈，室內也很亮。學姐在家不是在背臺詞就是寫劇本，抽完菸後會開窗，然後點一根薰香。所以學姐身上散發的不是菸味，而是薰香的味道。透過學姐，我才知道了薰香的味道如此幽靜有魅力。

我和學姐自然而然地開始交往，既沒有動人告白，也沒有臉紅心跳的肢體語言，就只是自然地共享著彼此的日常和空間。

「你很妙耶。」躺在床上看劇本的學姐說道。

學姐抽出床下的盒子，取出香菸和打火機。為了戒菸，她故意把香菸放在看不到的地方，在我看來一點效果也沒有。

「什麼意思？」

「我也不知道，就是感覺。入學典禮那天，我總是不由自主地看向坐在下面的你。」

「啊，原來那不是我的錯覺啊。」

「嗯？」

「那天我就覺得一直跟妳對上眼，還努力告訴自己那只是錯覺。現在想來還真委屈耶，妳明明就一直在看我。」

學姐笑我真是個怪人，但在我看來，她也是一個奇怪的人。從我們約會的地點百分之九十都在家裡，所以我預感我們很快就會發生關係。在只有兩個人的空間，相愛的人能分享的最大快樂就是性愛。這句話不是我說的，而是從高中同學傳看的雜誌上看到的。這句話出自某位戀愛專欄作家之口。雖然我沒有認同，但也不否認，因為我覺得那是我尚未體驗的領域。也因此我才苦惱了很久到底該如何向學姐解釋，我是一個比她想像中更奇怪的人。

「苦惱了很久」這點很重要。也就是說，交往半年來，我一直在苦惱這件事。但學姐對肢體接觸似乎毫無想法。

我和學姐各自喝了半瓶酒，回到她家後，我說出了那件事。我們面對面躺在單人床上，聊著瑣碎小事，然後習慣性的輕輕碰了碰嘴唇，接著親吻起來。夜深人靜，氣氛變得越來越火熱，誰先主動探索對方的身體都不奇怪。但我們就只是注視著彼此，誰也沒有先動手。我打了個哈欠，打破良久的沉默。學姐看著我，噗哧笑了出來。

「雖說我是這樣，但沒想到你也跟我一樣，對這種事沒興趣。」學姐轉過身，面朝天花板。

「坦白講……我應該是沒有性欲，根本不會去想這件事，甚至覺得沒必要。」

聽到學姐這樣講，我瞬間鬆了口氣。原來她對追求肉體上的快感毫無興趣，並不是因為我很特殊。那天的經驗讓我稍稍鼓起向他人坦承自身情況的勇氣。媽媽說，世上有很多人聲稱自己能理解他人，但當遇到與自己不同的人時，就會本能性的落荒而逃。我不禁覺得，學姐可能是落荒而逃後又返回我身邊的人。

秋季期中考時，我把自己的事告訴了學姐。我們留在學校熬夜趕作業的那天，學姐從廁所回來，一臉痛苦的問我有沒有衛生棉。我回說沒有。學姐只好打電話給其他人，從別人的置物櫃借用。那天凌晨在回學姐家的路上，我開了口：

「學姐，其實我沒有月經。」

「怎麼了？是哪裡不舒服嗎？」學姐淡淡地問了一句，語氣聽起來一點也不好奇。

「從出生以來就沒有。」

「初經來得很晚嗎？」學姐這才看著我問道。

「不是。我跟別人有點不同，跟妳也不同。我的性別會根據愛上的人的性別而變換，而且也沒有性器官。」

那天，我們第一次「探索」了彼此的身體。這並不是委婉的說法，真的就只是探索而已。我也是第一次仔細觀察別人的身體。神奇的是，比起害羞，我們更好奇彼此的身體。學姐的探索結果如下：

「世上真是什麼樣的人都有啊！就連真實存在的都讓人無法理解，看來以後還是少擔心一點看不見、毫無形態的未來了。」

秋季學期結束後，我和學姐分手了。這是探索引發的蝴蝶效應，但並不是貶義。最後一個學期開學前，學姐突然決定去美國留學。她就像一個為了去實現美國夢的企業家、探索新世界的冒險家，也很像開拓宇宙的科學家。面對這樣的學姐，我提出了分手。

「妳連什麼時候回來都不知道，那不如分手吧。」

學姐挽留了我兩次，最後還是放棄了。

「我會想念妳的。跟我一樣奇怪的人，妳還是第一個。」

學姐聽了我的話，噗哧笑了。

「但我有一個請求。我希望以後不會出現在妳的作品裡，藝術家不是很喜歡讓前任登場嗎？我不想那樣。」

學姐去了美國，她說會先造訪幾座城市，大概需要一年時間，但如果很喜歡就再多住一段時間。學姐臨行前對我說：

「現在才說是怕你誤會。你吸引我的視線，並不是因為你很特別。當初因為害羞才沒說，我是對你一見鍾情。」

♡

我不得不思考身體的難題。

起初我覺得這沒什麼，然而從某個瞬間開始，又覺得一切都很合理，現在的我已經不想用任何標準來定義自己了。我可以是這樣的，也可以是那樣的，甚至什麼都不是。

學姐走後，我休學了。因為分手後覺得沒有她的學校很怪。但因為毫無計畫，休學後的生活過得越來越頹廢。每天看電影或玩遊戲到凌晨，然後睡到中午才起床。頭一兩個月媽媽還很縱容我，但從某一天開始會叫我起床了。

「你要是不打算考證照或多益，那就賺點錢去旅行。不過你這麼懶惰，能去哪裡打工？聽說最近打工比正職還難找。」

聽到媽媽這樣講，我馬上上網找起了工作。果不其然，找工作沒有想像中簡單。不僅請人的地方少，而且很多都只請有經驗的人，這反倒激發了我的鬥志。如果能輕鬆找到工作，我反而會失去興趣。現在想工作卻找不到，讓我無論如何都想找到一份工作了。光是咖啡廳我就投了十份履歷，但沒有工作經驗，都被拒絕了。我心想，坐在家裡亂投履歷不是辦法，於是直接拿著履歷去了咖啡廳。第四間咖啡廳打來電話，那是一間位於住宅區的獨立書店兼咖啡廳，營業時間從上午十一點到下午四點。我找到工作後，才終於敢在媽媽面前大搖大擺。

店長是一位四十出頭的女性，與念高中的女兒一起生活，曾在獨立出版社做過幾本散文集。店長純粹是出於熱情經營這間咖啡廳，她的主要收入其實來自於接外編和翻譯。之所以考慮僱用我，是因為我讀的科系。與其說那次是面試，不如看成是聊天，最後我被僱用了。

「在獨立書店工作，比起熟悉咖啡，更重要的是要熱愛書架上的書。客人詢問時，要能立刻說出那是一本怎樣的書。」

這是我最喜歡這間店的地方。想與客人攀談就要讀書，所以店員可以盡情閱讀店裡引進的所有書籍。上午開門後，先清掃地面，然後開啟清理好的咖啡機，做好第一杯咖啡後，再將麵糊擠入模具送進烤箱。店裡銷售的甜點每天都不一樣，店長會隨心情決定當天的品項，但通常都是費南雪、布朗尼或提拉米蘇。做好這些工作後，我就可以選一本書來看。平日白天很少有客人光顧，所以大部分時間都可以安靜看書。

這樣的日子一直持續到拉歐出現。

「那本書好看嗎？」

「嗯？」

「你在看的那本書，有趣嗎？」

拉歐給我留下的第一印象是，這個人的一舉一動都毫無動靜。

「喔，很有趣喔，這本書紀錄了作者懷孕期間的身體變化。」

「謝謝。」拉歐走向書櫃，取下我正在看的那本書。「我買這本。請再給我一杯熱美式，我要內用。」

拉歐是在我開始工作一週後出現的，之後他便成為平日的第一位客人。每天上午十一點十分，我把麵糊擠入模具送進烤箱後，拉歐就會走進店裡。每當這時，烤箱就會散發出淡淡香氣。拉歐會點一杯熱美式，選擇窗邊的位置，然後在書櫃前選一本書。有時他也會問我在看什麼書，就像第一天那樣，買好書坐在店裡看完後離開。拉歐把咖啡杯還給我時，不會說「再見」或「謝謝」，而是說「明天見」。

♡

「在想什麼？」吃飯時，媽媽看我拿著湯匙發呆，於是問道。

「我在想一般人道別都會說『明天見』嗎？」

「當然啊，這有什麼好想的？」

「店裡的客人離開時也會這麼說嗎？」

「雖然不常見，但這麼說也沒問題吧。」

實在不該問媽媽。本來還想多問幾句，但我咬著湯匙放棄了。對媽媽而言，任何事都是「有可能的」，所以跟她聊天就算可以解決煩惱，也解決不了疑惑。這是只能靠我自己思考的事情。既然要用腦，必然得消耗能量，所以我吃了兩碗飯。

因為拉歐會買我在看的書，這讓選書成了件難事。店裡引進的都是店長精心篩選的書，但我還是希望能在好書之中挑選出更好的。如果拉歐看完我選的書後說：「這本書真好看。」我就會像推銷成功的社員一樣開心。

辦書店會員卡時，我終於知道了拉歐的名字。拉歐第四次光顧時，我主動建議他辦一張會員卡。因為買二十杯飲料後，第二十一杯可以免費。聽到我的建議，拉歐猶豫了一下，但還是接過了會員卡。會員卡可以放在店裡保管，只要寫上姓名或暱稱即可。拉歐拿起筆，遲疑了半天，然後寫下「拉歐」兩個字。我覺得這個名字很特別，但托媽媽的福立刻轉念一想，這也是有可能的事。拉歐，這個名字很適合特別的他。

我之所以會更進一步去想拉歐，是因為鱗片。

我望著坐在窗邊的拉歐，終於理解了之前的戀人們為什麼會說我的身體閃閃發光。陽光下的拉歐會讓我聯想到白沙灘，那種美麗的沙粒會反射陽光的雪白沙灘。人的身體可以閃閃發光嗎？直到發現鱗片前，我只是覺得「這也是有可能的事」。

忘記是從什麼時候開始，拉歐坐過的地方總會看到一兩片小指甲大小的鱗片。起初我以為那是從他的衣服或包包上掉下來的，於是毫不在意地撿起來丟掉。但自從我發現他的衣服和包包上根本沒有任何類似鱗片的東西後，才開始對鱗片的出處產生疑問。在拉歐進店前，我會打掃他常坐的位置，確認地面上什麼也沒有。但在他走後，地上總是會發現鱗片。這也太奇怪了，到底是從哪裡掉下來的？當然，這個疑惑並沒有持續多久。

店裡喝咖啡的座位採光很好，白天陽光會一直照進來，即使冬天坐在那裡也會冒汗，但拉歐每天都會坐在相同的位置。那天的陽光和往常一樣強烈地照進店裡，拉歐脫下套在外面的薄襯衫時，前臂有什麼東西在閃閃發光。因為陽光太耀眼，我遮起陽光，仔細看向他的前臂時，看到了一片薄薄的東西，像羽毛一樣輕輕地飄落下來。

我還沒回過神來，拉歐便闔上書站了起來。他拿起衣服，笑著說聲明天見，就推門走了。拉歐坐過的位置留下了鱗片。

我撿起鱗片，用紙巾包好放進口袋。必須要澄清，我沒有蒐集他人人體的興趣，只是莫名被吸引了。這不是辯解，而是事實。那一瞬間，鱗片和我之間產生了無法抗拒的宇宙重力。

但我沒有可以分解、分析它的工具，只能用媽媽看書時戴的老花眼鏡，在陽光下仔細觀察鱗片而已。從拉歐身上掉下來的鱗片與硬鱗片相似，呈現鑽石形的圖紋，顏色更接近翡翠綠。在陽光下，鱗片就像地中海一樣耀眼。經過觀察，我得出的結果就只有這些。原本還想用牙齒咬咬看，但覺得這樣做對拉歐很沒禮貌，於是作罷。

我把鱗片像寶物一樣放進盒子、擺在枕邊。在發現拉歐的鱗片後，我才承認了媽媽說的：世界上什麼樣的人都有，但所有人都在假裝不是那樣。

把對拉歐的感情定義為愛情似乎過於宏偉，我只是對他產生了興趣，亦或是對同類的渴望。

我與拉歐的關係需要一個牢固的連結。我是書店員工，拉歐是客人，如果他不來，我們的關係就結束了。我煩惱了三天，尋找著能自然維持這種關係的必然理由。早上睜開眼睛和去店裡上班，以及拉歐在我面前看書時，我都在絞盡腦汁地想，最後終於想出一個方法。

「讀書會？」拉歐反問。

我接過拉歐手中的信用卡結帳後，點了點頭。

「會在店裡舉辦這個活動，規模不大，大概只有五個人左右吧。有興趣的話，歡迎加入！」

接過信用卡的拉歐遲疑了一下。我焦急地心想，拜託說你願意，拜託！

「什麼時候？」

「嗯，什麼時候好呢？現在還不確定，但可以配合你的時間。」

我的回答是不是太露骨了？這很明顯是希望你答應一定要參加活動。如果你感受到我的用意，就趕快答應吧。

拉歐又停頓了幾秒鐘，然後回答：「好啊，讀書會一定很有趣。」瞬間，我不由自主地踮起了腳尖。我遞給拉歐一張紙，問了他的電話號碼，理由是會邀請他加入聊天群組。當然，當下除了我和拉歐，還沒找到其他三名會員。但我現在不想去思考這個問題。

「我沒有手機。」

「嗯？什麼？」

我以為自己聽錯了。沒想到二十一世紀還能遇到沒有手機的人。現在不是連幼稚園的小朋友都有手機嗎？

「反正我每天都會來，你可以直接告訴我嗎？告訴我讀什麼書，我會準時參加的。我的決策權就交給你好了。是不是覺得這個年代沒有手機的人很奇怪？這是有原因的⋯⋯」

我這才意識到自己的反應很失禮，連忙道了歉，但拉歐沒有在意。不管怎樣，可以肯定的是，他「每天」都會來，而且表示「一定會參加」。

找讀書會的會員並不難。書店貼出招募會員的海報後，不到兩天就拿下來了。三位會員都是店裡的常客，主婦、記者和學生。我把大家決定讀的書單轉達給拉歐，拉歐取出一個巴掌大的筆記本，抄下我說的書單和活動時間。

「那是什麼字啊？」我隨口問道。

拉歐寫的字很特別，不是字跡潦草，而是他寫的既不是韓文也不是英文，更像我不認識的第三世界文字。

「這是我故鄉的文字。」

「故鄉？」

「是的。那明天見囉。」

我還沒來得及多問，拉歐就走了。故鄉的文字？那天之後，我開始猜想拉歐的故鄉在哪裡，可能不在地球也說不定。

我對拉歐的了解就只有他身上有鱗片、喜歡看書、不使用手機、來自使用特殊文字的地方。除此之外，年齡、職業，甚至是男是女都不確定。我看似知道的很多，其實毫無實際資訊。如果有一天拉歐突然不來了，我能憑藉知道的這些在地球上找到他嗎？無論怎麼想都覺得不可能。如果報警說要尋找身上有鱗片的人，警察一定會笑破肚皮吧。

我不禁思考起為什麼非要明確定義每一個人。從某種意義上說，這是很自然的。尋找某人時，只有知道姓名、年齡、居住地址和性別時，才能鎖定那個人。但如果最初地球上根本沒有這些呢？如果有很多像我一樣無法用性別劃分的人呢？那麼地球是否會出現其他標準？

每次活動拉歐都會參加，而且從不遲到。讀書活動進行了兩個月，星期三下午一點見面，大家會針對一本書展開三小時的討論。有時是人文書，有時是科學書，有時是小說或散文。

「你最近在做什麼？怎麼在家也看書。」

媽媽抱著一堆晒乾的衣服走過來，意思是要我幫忙摺衣服。我放下手上的書，爬到媽媽身邊坐下。我說最近在搞讀書會，緊接著話題一轉。

「也許妳說的是對的。」

「什麼？」

「在這個世界上，從蛋裡出生的人，也許不只我一個。」

起初聽到出生的祕密時，我能做的反應就只是點頭說：「原來如此。」媽媽對世事始終秉持「不無可能」的態度，在這樣的媽媽面前，我無法要求釐清真相。若非要極力否認，最後痛苦的人也只有我而已。我之所以不去追究出生的祕密，是因為這樣活著比較舒心。即使需要對其他人隱瞞真相，但那也是另一個問題。拉歐的出現從某種意義上來講，算是讓孤獨的我遇到了同類。

媽媽拿起我正在讀的書。那是一本旅行散文，書中可以看到作者一路遇到的人們的故事和照片。作者寫下萍水相逢的人的故事，以及對於只有一面之緣的不捨。不過作者還是羅列出了值得珍藏一生的記憶。在幾篇故事中，我最喜歡的是作者在古巴遇到歌手索非亞的故事。作者對索非亞一見鍾情，但索非亞是否也是相同的感情就不得而知了。我從文字中感受到的，只有索非亞對外國人的親切，但作者拍攝索菲亞的照片，讓這個故事在我心中留下了深刻印象。原來在拍攝心儀的對象時，照片會毫無掩飾的暴露出真實情感。雖然我對攝影一無所知，還是覺得索非亞的照片與作者拍的其他人很不同。

媽媽坐著把書看完了。我為了參考她的感想，詢問了讀後感。

媽媽神情不悅地說：「這人真囉唆，感情拖泥帶水的。」

「我看是妳感情枯竭了吧。」

「我是擔心你才實話實說，這種感情最好不要學。文章寫得優美，但沒內容，仔細看，他就是把放棄愛情的責任推給環境。」

「妳怎麼這麼冷酷？」

「我又不認識這個作者，哪有什麼冷不冷酷的！」

媽媽說得沒錯，所以我難以反駁。無話可說的我只好默默把摺好的衣服放回房間。只是一本寫得優美、但沒內容的書。如果作者聽到這種惡評，大概會從此封筆吧。親愛的作者，你要感謝自己的創作生涯裡沒有遇到像我媽這樣的讀者。

仔細想來，媽媽的評價一直都是這樣。她讀完我的首創劇本後說，主角就是太閒了，要多給他找點事做。不知道有多少主角因為媽媽的話，最後走上毫無留戀的另一條路。

但換個角度想，這也許是媽媽的生存方式。媽媽從不提爸爸。說來可笑，我至今也不知道爸爸是做什麼的，是否還活在這個世上。每當我問起爸爸，媽媽總是回答：「問這幹麼？」所以我只能讓爸爸存在於我的想像之中。但最後我連想像也放棄了。最後一次因為沒有爸爸而傷心是在國中。

媽媽安慰我說，是因為很多人有爸爸，這件事才會看起來理所當然。如果妳一直把這件事放在心上，就沒有空間安放真正需要的感情了。也許媽媽是在告訴我，最好別再去想這件事吧。

「果玄啊。」媽媽轉身叫了我一聲。

「嗯？」

我做出反應後，她好半天沒有說話，我抬頭看向她。偶爾我會覺得媽媽是一個時間靜止的人。但在我不斷成長、世界有所改變的期間，媽媽也長出了細小的皺紋。

「雖然相隔兩地是很難過的事，但其實也沒那麼難過。」

她怎麼突然講這些？

「不要忘記，最終我們還是會相遇的。遺忘才最教人難過。」

「……」

「也許那個作者是覺得自己再也不會去古巴了。如果隨時可以去，字裡行間就不會滿是思念了。」

「看來妳是真的不喜歡這個作者。」

「我不喜歡這種文筆，跟喜不喜歡作者無關。世上也會有這樣的愛情，只是他的辯解實在太多了。」

雖然媽媽這樣說，我還是覺得她不喜歡那個作者。看來我不能否認自己是媽媽的女兒，因為遇到任何事我都會像她一樣應對。「凡事皆有可能」的態度解決了所有難題，人生也因此變得安逸。

幾天後，我在讀書會上聽到與媽媽相同的見解。

「這個作者有點卑鄙，他只是在假借愛情寫作罷了。」

這樣講的人是拉歐。

「有的愛情甚至可以橫跨宇宙。」

讀書會結束後，我私下問拉歐：「這種想法是怎麼來的？」

「什麼『怎麼來的』？」拉歐停下收書包的手。

「嗯，是看了哪本書還是電影，或是從誰那裡聽來的……」

「是從我的負責人那裡聽說的。」

我不理解他的話，於是反問：「負責人？」

「在我的故鄉會叫負責人，負責人會保護我，直到我可以獨立生存為止。與這裡的父母差不多，但在這裡，父母的意義似乎更大一些。而且在很多情況下，決策權似乎都在父母手上。」

「請問，你的故鄉在……」

拉歐笑著回答：「在這裡看不到。」

還有人能看到故鄉？

「啊！也許晚上可以看到。」

「嗯？」

「如果你好奇，我可以帶你去看，但得是好天氣。」

「什麼時候？」

這是個在書店外見面的大好機會。雖然聽不懂天氣好才能看到故鄉是什麼意思，但現在可沒時間追問。拉歐把見面時間和地點寫在紙上。這次他寫的是韓文，但字跡依然亂七八糟。

駱山公園，晚上十點。

我回家換好衣服，帶著放在手帕裡保管的拉歐的鱗片出門了。太陽下山後，我在東大門站下車再轉搭鐘路3號小巴，抵達了駱山公園的觀景臺。拉歐比我先到了，他向我揮揮手，穿著比白天隨性了些。

駱山公園是很適合約會的場所，但今天是平日，而且也很晚了。我和拉歐走在空無一人的觀景臺，在長椅坐了下來。夜空和往日一樣漆黑一片，但幸好沒有雲朵，可以清楚看到月亮。拉歐仰望了半天夜空，似乎在尋找什麼。不是說要帶我看故鄉嗎？難道故鄉在夜空的某處？如果真是這樣，那我該作何反應？一，無言微笑；二，問他是怎麼來地球的？即使這裡是「一切皆有可能」的地球，但這件事明顯是地球的番外篇。我覺得自己應該會語塞到笑出來。

但當拉歐指著天鷹座旁邊的星球，說那裡就是他的故鄉時，我卻做出了第二種反應。因為在他說話的瞬間，又有一片鱗片閃閃發光，飄落了下來。

「地球的天空損傷很嚴重啊。以前這個時候可以很清楚地看到天鷹座，那片星雲真的很美。來這裡時，都會經過那裡。」

「你來自哪裡？」

拉歐看著我笑了。「我說什麼你都相信？」

這句話的份量既輕又重。

「你說什麼我都會相信的，但我說什麼你也要相信喔。」

我打算把撿到鱗片的事和我的出生祕密，以及我的性別會隨愛人改變的事都告訴拉歐。拉歐似乎看出了我的悲壯，停頓了一下後開口：

「我們成年後會離開自己的星球，這是我們守護故鄉的方法。我們會到其他星球建立家園。這種方法看起來很自私，但其實我們星球的個體並不多，而且我們只能繁殖一次。若非要比較，就相當於坐在桌邊，只能吃到幾塊麵包而已。這種比喻是不是有點奇怪？」

我下意識地點了點頭。拉歐難為情地笑了，但他並沒有更正和解釋剛才的話。我在腦海中整理他的話，然後用盡可能避免不愉快、只以確認事實為目的的語氣鄭重反問：

「所以說，你是外星人囉？」

「沒錯，可以說是外星人。」

「……外星人。和我想像的很不一樣耶。我以為外星人的外貌會更引人注目。」

「我不是已經很引人注目了嗎？」拉歐笑著反問。

我猜拉歐是指自己身上的鱗片。我還以為他已經知道我發現鱗片的事，但他說出了完全不同的理由。

「眼睛、鼻子、耳朵都不一樣啊。手指的長短也不一樣，頭髮長出來的方向也不一樣，甚至連眉毛的根數也不一樣。地球人傾向於簡單地劃分事物，但在我看來，地球上沒有一個生命體是相同的。當然，在其他星球的個體中，也有膚色不同，因溫度或光線變化而呈現明顯特徵的個體，但這些並非僅有的差異。」

拉歐的一番話直指重點，加上我也想不出反駁的話，於是靜靜地聽。

「難以置信吧？我可以理解。這是很正常的反應。長久以來，地球的主人一直想像著陌生的存在，但始終沒有做好接受的準備。放眼浩瀚無垠的宇宙，在所有生命體中，只有地球人的傾向最為特別，他們既封閉又難掩自己的期待。我的意思是，你相信也好，不相信也沒關係，不必強迫自己去相信，也沒必要選擇答案。」

拉歐的話讓我平靜了下來。我覺得他是在告訴我，沒有必要非得做選擇，也沒有什麼事非得找出正確答案。我按照拉歐的話，沒有做出任何選擇，而是從口袋裡取出手帕。因為我覺得當下就是最佳時機。

「其實我想坦白一件事，就算覺得我很奇怪也不要逃走，先聽我把話講完，好嗎？」

之所以這樣說，是因為我想來想去都覺得保管別人的皮膚組織很奇怪。拉歐從我的語氣中察覺到了什麼，露出非常嚴肅的表情。我做了個深呼吸，然後像打開蒸熟的高麗菜一樣，小心翼翼地掀開手帕。就這樣，拉歐看到了攤在我手掌上的鱗片。無需任何說明，拉歐立刻明白了那是什麼。

「我真的沒有任何意圖。該怎麼說好呢……只是想研究一下。」

拉歐平靜的看著我，似乎在說「沒關係，繼續說下去吧」。

「你離開後，地上總是會發現這些東西。起初我還不知道是什麼，然後有一天，真的是偶然，我看到它從你身上掉了下來。」

「這是我的皮膚。」

瞬間，我差點傻呼呼地問：「原來你知道啊？」

總之，幸好拉歐知道那是自己的皮膚，不然我們都會身陷尷尬的處境。

「所以你透過我的皮膚了解到什麼了？」

我把研究出的那些為數不多、無足掛齒的事告訴拉歐。拉歐只是靜靜聽著。我從一開始就覺得他是很沉穩的人，就好像在無風的室內點燃的蠟燭。但這並不表示他是一個溫暖的人。如果用溫度衡量，還會因為太過冰冷而產生溫暖的錯覺。

「果然你也很特別。很多人對皮膚組織脫落都不以為意，你能發現這件事真是神奇。心無懷疑和偏見才能有所發現，很多人即使親眼看到也覺得不可能，更不願意接受事實。在這種意義上，我也有一件事要表白，可以嗎？」

「嗯？」

「你也不要誤會。我也沒有任何不純的意圖。怎麼說好呢，就只是稍稍觀察了一下……」

拉歐的表白與我的差不多，並沒有多大的震撼，我卻未能像他一樣平靜地應對。

「所以我……現在是外星人的鎖定目標？」

拉歐說，第一次走進書店跟我搭話時，他就展開了觀察。起初他誤把我當成正在尋找的人，但後來判斷我也具有觀察價值。

拉歐反問我：「我的意思是，你是地球人？」

聽到這個問題，我下意識地笑了出來。

拉歐並不在意我的反應，繼續說道：「當然，生活在地球的人都是地球人，但是……」

「你覺得我是外星人？」

「這件事重要嗎?地球有一半的人都是外星人,只是大家都假裝自己是人類而已。」

「呵。」

「這麼講聽起來很可笑,但其實比想像中重要。所有人都該知道,在這個地球上沒有一模一樣的人,大家都是彼此的外星人,只是在假裝一樣而已。」

初夏吹著涼爽的風,這真是互相介紹自己是外星人的好天氣。拉歐問可不可以看一下我的手臂,我不假思索地伸出手臂。拉歐用食指和中指緩緩地摸了摸我的手臂。我覺得很癢,而且當下的場景也很好笑。在這個浪漫退去的場合,兩個身分不明的外星人並肩坐在長椅上摸手臂。我強忍笑意,意識到了我對拉歐的感情並不是愛情。既然不是愛情,那是什麼感情呢?這是在學校未曾感受過的感情。難道是社會的感情?需要透過努力才能維持關係、至今未能尋找到單字來形容的感情?

拉歐的觀察結果十分無聊。

「幸好沒有組織脫落。」

夜深了,初夏的氣溫又降低了。看到我扣上了衣服的釦子,拉歐提議回家。雖然還有很多事想問,但還是留待下次好了。也許是出於本能,我似乎還沒做好面對某些事實的準備。這是出自強烈直覺的防禦機制。

在這個地球上遇到外星人的人類,會做出怎樣的反應呢?後來又與外星人如何了?若和我一樣聽到反問「你也是外星人嗎?」時,會否像我一樣感到心情舒暢呢?這是一個充滿太多好奇的夜晚,也是很想表白心聲的夜晚。嘴唇和喉嚨癢癢的,導致走下山時我還以為有小蟲,不時用手摸著臉和脖子。

回到家洗完澡躺下後，我才好奇起拉歐想要找的人。我望著天花板陷入沉思，視線轉向放在書桌上的那本旅行散文。我慢吞吞地爬到書桌前，拿起那本書。拉歐對這本書說了什麼？他的話在我耳邊反覆迴盪，突然某句話從腦海中一閃而過。

♡

「穿越宇宙的愛情……」

我坐在窗邊望著孤獨掛在夜空中的一輪殘月，直到破曉。原來為了見一個人，不僅可以橫跨大海和天空，還可以穿越宇宙。在我遇到的人中，有誰會為了見我而穿越宇宙呢？記憶中的珉赫太小了，國中學姐應該不能待在太空船中太久，大學的學姐似乎很滿意美國的生活。果然，坐等真愛降臨是不可能的，還是得靠自己尋找。但我並不後悔談過的那幾場戀愛，因為他們，我才相信了穿越宇宙的愛情確實存在。總之，我在地球上已經充分地愛過了。接下來是不是也該奔向宇宙呢？我坐在窗邊，思考這個問題良久。

沒過多久，我便知道了拉歐要找的那個人是誰。

我並沒有追問拉歐，而是在言談間自然而然就找到了答案。我實在哭笑不得，卻也覺得「這也是有可能的」。

從駱山公園回來後，拉歐還是有來書店。他就像什麼事也沒發生一樣，選一本書，點一杯咖啡坐在窗邊看完後離開。就這樣過了兩天後的第三天，我走到正在看書的拉歐面前。「我呢……」我一屁股坐在椅子上，一開口就先丟出兩個字，「人生的第一個難題是不知道自己是男是女。」

就這樣，我向拉歐傾訴了他從沒問過我的，關於我的歷史。拉歐面不改色，默默聽我把話講完。這明明不是我第一次坦誠（雖然也不確定），但還是心跳加速、胃酸翻湧。這種心臟怦怦跳的感覺，就像最初發現所有人類都有肚臍時一樣。我說出了短短二十一年來一直逃避面對的傷感，但最後還是沒有流下忍了多年的眼淚。我擺出事不關己的態度，雖然有很多需要忍耐和放棄的部分，但畢竟還是要繼續生活，有快樂，也會有悲傷；有相遇，也會有離別；有傷痛，也會有溫暖。在對拉歐傾訴時，我突然意識到是與我相遇的所有人、所有的愛成就了現在的我。那是個非常安逸的午後，店裡沒有客人。外星人的下午茶時間，面對面坐在書店角落、破蛋而出的我，把自己的祕密都告訴了身上會掉鱗片的拉歐。

「但沒關係……」我最後做了結語，「這世上沒有『原本就該那樣』的東西，也沒有理所當然的事。你說我沒有偏見？沒錯，我是沒有，因為我一直活在偏見之外。如果我有偏見，人生豈不是太矛盾了。但也可能是我還沒遇到比我更大的偏見啦。總之，這就是我。」

「一直都是身處偏見之外的人在消除那些障礙啊。」拉歐笑著說，接著問：「你覺得打破那些看似永恆的障礙、改變一切的話會怎樣？」

我想了想後才回答：「應該會很痛苦。但就像我一直堅持到現在一樣，還是會繼續堅持下去吧。」

「我明白為什麼會把你和我要找的人搞混了。你們太像了，真的太像了。」

「你在說什麼……」

「果玄，你和我一樣，會因為對方而不斷改變自己，但等你遇到那個願意廝守終身的對象時，就會生下此生唯一的一顆蛋，之後就再也不會有變化了。」

「……」

「我是來接我愛的那個人。因為太空船的問題，我不得已與在這裡相遇的那個人分開了二十年。雖然已經過了很久，但我回來了，而且那個人與我記憶中的樣子一模一樣。不過她現在很猶豫是否要跟我回去，她擔心會破壞所愛的人的生活。所以，我一直在等待。」

原來拉歐已有心愛之人。看到拉歐閃爍的眼神，早有預感的事也變得更加鮮明。不是因為反光，也不是因為身上的鱗片，而是在說話的瞬間就在發光。

也就是說，拉歐穿越宇宙，回到地球，要找的那個人與我關係親密，很有可能是最重要、也最愛我的那個人。

如果是在經歷了收集線索、努力不懈的推理後才得出真相的話，我就不會產生當頭棒喝的感覺了。真相就像流星雨一樣，某天突然從天而降，擊中了我。我望著窗外正在抽菸的媽媽，出神地連呼吸都忘了。被真相貫穿後，我才拼湊起那一塊塊的碎片。是誰把那顆蛋給了媽媽？又是怎樣的物質生成的愛，讓媽媽把這個地球變成「一切皆有可能」的星球呢？

「媽媽，妳在想什麼？」

聽到我發問，媽媽也沒有轉頭，視線依然遙寄在夜空中。她就像在追蹤來見自己的那個人的痕跡似的，即使獨自坐在那裡仰望夜空，眼神也絲毫沒有孤獨。

「……沒想什麼。」

媽媽的聲音乘著初夏徐徐的晚風傳了過來，我想像著為了來見媽媽，花了二十年穿越宇宙的拉歐。對我而言，早已沒有干涉媽媽決定的選擇權。我不是也對拉歐說，只要堅持下去，只要一直堅持下去就可以了嘛。這一切只是我的推測，所以我只能隱藏起自己知道的真相說：

「我沒事的。」

媽媽這才回頭看了我一眼。

「我沒事的，妳想怎麼做就怎麼做吧。」

因為媽媽沒有立刻反問，我才確信了這一切。

其實我感到很無言。總覺得出生的祕密知道得未免太順利、太平淡了。雖然很想大哭一場，但始終沒有眼淚。我故意不眨眼，甚至用手去揉、去戳眼睛，乾燥的眼球卻抗議我少在那裡裝可憐。我躺在床上想像媽媽和拉歐前往宇宙的畫面，她們真的會離開地球嗎？可是又能去哪裡呢？不能住在地球就好嗎？不是說地球人也是外星人嗎？

我至今做過很多選擇，這件事卻沒有我選擇的餘地，也不想妨礙當事人做出選擇，所以不得不控制自己的感情，只期盼著當事人不要做出後悔的決定，靜觀事態發展。

我和往常一樣去書店上班，但拉歐再也沒有現身，媽媽也決定一個月後要辭去醫院的工作。媽媽離職那天的診療時間結束後，醫院為媽媽舉辦了簡單的送別會。在朴護理師的邀請下，我提著蛋糕準時來到醫院。崔醫生和朴護理師還為媽媽準備了小禮物。看大家為媽媽的人生加油打氣，我突然明白了媽媽獨自一人時也不孤單的理由。宇宙的某處有一個愛著自己的人，地球上也有支持自己的同事。在我忙著探索自己的人生時，媽媽也在冷靜思考自己的未來。看著幸福地享受派對的媽媽，我突然對二十年前與拉歐墜入愛河的她產生了好奇。

媽媽喝了很多香檳，微醺的她搖搖晃晃地走在路上。提早開始的熱帶夜，悶熱難耐。

「最近沒有交往對象嗎？」媽媽問道。她沒有看我，而是遙望夜空。

「現在沒有。」

「我一直很不安，一直在等你知道這件事。」

我還以為媽媽是在說拉歐，誰知她提起了另一件事，不愧是媽媽，總是出乎意料。

「就是你沒有肚臍這件事啊。小時候，我還想過要不要偷偷給你鑽個肚臍呢。」

「妳應該要鑽的啊！怎麼沒鑽？」

「因為我怕勉強去追求所謂的正常，反而會永遠失去你。與其這樣，倒不如讓你接受原本的自己活下去。沒有肚臍又怎樣，又沒有做錯事。」

我們默默地走了很久。首爾的夜空看不到天鷹座。我有話想說又發不出聲音，徒勞地抿了好幾下嘴，才好不容易開口。那是我第一次哽咽，但仍沒有流下眼淚。

「所以，妳要走嗎？」

「可以嗎？」

我點點頭。不知道什麼時候，要去哪裡。媽媽停下腳步看著我，然後張開雙臂緊緊抱住了我。

「果玄啊，一直去愛吧。即使不是熾熱的熱戀也沒關係，找到那個在一起會輕鬆自在的人。那樣的人就算穿越宇宙也會來找你的。」

「嗯，我會的。」

「你是地球人，你在這裡出生長大。但無論是地球人或外星人都不要緊，因為這裡的所有人，對彼此而言都是外星人。」

「嗯。我知道了。」

「說到底，你就是你，沒必要定義自己。」

這種愛是什麼物質構成的？緊緊抱住我、不冷也不熱的這份愛到底是以什麼物質構成的呢？媽媽最後教會我的是溫度。我要記住這種溫度，然後遇到有同樣溫度的人。

♡

讀完我的故事，你一定會半信半疑吧。你也許會好奇媽媽最後是何時、又是如何去了哪裡？總有一天我們相遇時，我會親自講給你聽。你可以透過名字認出我。但如果我們相遇時不確認彼此的肚皮，我就只是一個隨時會變化、無法定義的人。若你想遇到我，就不要猶豫。無論你帶著怎樣的祕密，我都會對你說：

「原來如此。沒關係，這也是有可能的。那請問，你也沒有肚臍嗎？」

影子遊戲

「阻隔膜的效果是永久性的，而且沒有去除的方法。即使這樣，您還是要做手術嗎？」

「嗯，是的。」

「做了這種手術後，您就無法再對他人的感情產生共鳴。您還是要做嗎？」

「嗯，我要做。」

「最後一個問題，您是自願做的選擇嗎？」

「……嗯，是的。」

「這是為了收集證據資料錄下本段影片，若術後出現副作用或醫療事故時，本影片將作為法庭證據。為自動簽署手術同意書，請對著鏡頭重複三遍自己的名字後，即自動完成簽署，在此之前，您可以隨時撤回決定。」

「徐伊菈，徐伊菈，徐伊菈。」

♡

同樣的鈴聲響了第三遍，我才意識到那不是鬧鐘，而是電話。透過沒有拉窗簾的窗戶可以看到外面天還沒亮，我伸手摸了摸床頭櫃，不小心把手機掉到了地上。鈴聲停了。我用手捂住浮腫的臉，感覺才睡了一個多小時。在此之前，我已經輾轉難眠了三個多小時。

失眠很嚴重，雖沒有確認時間，但每次都要在床上輾轉三、四個小時才能入睡。醫生勸我最好慢慢減少安眠藥劑量，還幫我列了一個清單，上面寫滿睡前兩小時不要做的事。我都照做了，但有時還是睡不著。我克制著自己不要去拿床頭櫃裡的安眠藥，努力遵守醫生的叮囑。現在哪怕只要能睡上一小時，都會成為一絲安慰。但今天我怎麼樣也睡不著了。我用手輕輕揉了揉發澀的雙眼。早知道這樣，就該關掉手機。

電話又響了。我打開檯燈，撿起掉在地上的手機。才剛交班沒多久，應該不是醫院打來的，就算緊急情況也不會找我。難道是有沒交代清楚的事？我想了一下，應該沒有遺漏，況且也沒有特別要留意的事。除了醫院，還會有誰找我？我拿起手機，只見畫面顯示未知來電。就算是騷擾電話也不會這麼執著吧？我清了清喉嚨，接起電話，語氣十分平靜，就像一直醒著，也沒有問是誰這麼晚打來。但對方很不平靜，電話另一頭十分嘈雜，打電話的人意識到電話接通後移動了位置，雜音瞬間消失了。

「您認識金道兒嗎？」

凌晨的來電省略了自我介紹，直接切入正題，讓人不是很愉快。而且對方見我毫無反應，又追問了一次。他就像沒有多餘時間，若我不是要找的人就會立刻掛斷電話似的。凌晨的冷空氣襲來，突然聽到那個熟悉的名字時，我忍不住打了個寒噤。

「嗯，我認識。」

「我們會派車去接您，請坐那輛車過來。」

雖然對方道出的名字已足以成為我聽從安排的理由，但我還是在對方掛斷電話前匆忙問了幾個問題。

「您是哪位？那是什麼地方……三更半夜的，沒有人會搭陌生人的車吧？」

對方喘了口氣才回答：「我是韓中太空總署祕書長金輝。昨晚十一點左右，明日三號返回了地球。詳細情況等您過來再說吧。」

二十分鐘後，車子停在家門口。我從窗戶看到一名司機和等在車前的警衛後，拿著行李走出家門。說是行李，也不過就是裝著身分證的錢包和手機。跟警衛打過招呼後我才突然想到，出門前該塗點口紅遮掩一下憔悴，但為時已晚。我上了車後才發現身上連小鏡子也沒有，只好藉助反光的車窗打理了一下。

為什麼找我呢？明日三號只是返回地球，現在連裡面的人是生是死都不知道。難道因為資料上的監護人是我，才通知我去處理後事？說不定返回的太空船裡一個人也沒有，只能辦沒有遺體的葬禮。我突然想透透氣，打開了車窗，雨滴打在了臉上。那是像用噴霧器噴灑、近似於霧氣的雨滴。

我不知道車要開去哪裡，只覺得開了很久，從途中看到的路牌寫著「仁川」，推測應該是開往位於仁川的太空總署基地。我掐指算了一下距離明日三號出發已經過了幾年，顯然十根手指已經不夠用了。那時我們二十五歲，已經過去整整二十年了。即使道兒活著回來，恐怕我們也認不出彼此。想到這，我不禁覺得所有苦惱都變得毫無意義。

凌晨四點多，車子抵達了目的地。一名男子見我下車後，立刻撐著傘朝我走來。沒過多久又有一輛車抵達，頭髮花白的男人和二十幾歲的女生從車上下來，看得出和我一樣也是匆忙趕來的。

我記得他們，雖然當初抱著洋娃娃的孩子已經長到跟她媽媽離開時相仿的年齡，但左眼下方的痣還在。我不是憑藉那顆痣認出她的。就算外型再怎麼改變，每個人都還是擁有固有的、無論如何雕琢修飾仍會閃閃發亮的寶石。那顆痣不過是為我畫下確定的句號罷了。女生與我四目相對，似乎也認出了我，露出驚喜參半的表情後，隨即淡淡一笑低下了頭。她叫什麼名字來著？我很想道出她的名字，問候她這些年過得好嗎，但怎麼也想不起來了。我們明明做過自我介紹的……也許是手術帶來的副作用？過了這麼久，記憶也會隨時間褪色。最後我只好用笑容代替問候。

走進休息室，我又遇到了那對父女。在此之前，工作人員簡單地確認了我的身分，還給我看了二十年前簽署的同意書。若沒有直系親屬或適當的監護人，方可由本人任命代理監護人，因此代理監護人一欄寫著我的名字。用螢光筆標示的監護人義務中寫道：當事人完成任務返回地球後，若罹患疾病，監護人需在太空總署支援下照顧當事人。

道兒活著回來了？度過幾十年如死亡般靜止的時光後，終於回來了？

聽到「請在這裡等一下」後，我坐在父女對面的椅子上。男人看起來很緊張，不停用手帕擦著手。我仔細觀察著男人的一舉一動，他一邊擦拭手汗，一邊緩緩吸氣再無聲地吐出，而且還不停眨眼、舔著乾燥的嘴唇。焦慮、緊張、激動等詞彙從我的腦海閃過。男人的感受真是如此嗎？女生看起來也差不多，但她為了過度緊張的男人，似乎在刻意保持冷靜。

女生再次與我對視，她呆呆地望著我，然後對男人低聲說了什麼。感覺是告訴男人想找我說幾句話。男人點點頭，女生走過來坐在我身旁。

她握住我的手，我感覺到她的手掌生了繭。那不是偶然長出的繭，而是長時間經過反覆破裂與癒合生成的老繭。她是做什麼的呢？就在我猜測她的職業時，女生小心翼翼地開口：

「妳做手術了嗎？」

可能我在她眼中太過鎮定了吧。我回答說，大約六年前做了手術。女生點了點頭，發出淺淺的嘆息。我是在正式實施四年後做的手術，可說是撐到最後才做的，沒想到還有沒做手術的人。女生近乎辯解似的補充了一句多餘的話：

「我們不做手術是為了媽媽，因為堅信她會回來……」

「我也相信朋友會回來。」

雖然相信的程度不同，但我從未斷定道兒死在了宇宙。女生略感驚慌，覺得很過意不去，喃喃地說了句對不起。這是不必要的道歉。雖然有人道歉，卻不存在接受道歉的人。這時工作人員推門而入，女生起身走回男人身邊，緊握住男人的手。我盯著父女倆的背影，直到他們跟隨工作人員走出休息室。

今天早上的新聞會報導這件事嗎？為了報導正確的資訊，可能需要花個三、四天整理吧。就算報導再觸動人心、快速，若是誤報又有什麼意義呢？

想到那對父女，我下意識地握住雙手。由於工作使用了大量的消毒藥品，皮膚很乾燥，但出門前忘記擦護手霜了。工作人員開門喚了我的名字。我和他並肩朝走廊的盡頭走去。

「他們去了多久？」我問道。

「二十年又三個月。」

在門前，我遇到了方才通電話的祕書長金輝。金輝跟我握手的同時，開門見山地問：

「您已經做了十五年的護理師吧？」
「嗯，是的。」
「我們想拜託您一件事，希望您能擔任太空人的專門看護。如果您同意，我們會派人去填補醫院的人手，不會給醫院造成困擾的。當然，您想拒絕也沒關係。」
我一時沒有明白金輝的意思。他靜靜等著我消化所有句子。所謂專門看護，是指照護那些從外太空回來的人。我早有預感，既然監護人中有醫護人員，太空總署早晚會提出這種要求。這個提議也不錯，因為工作要輪三班的關係，要是不辭職，我也很難抽時間過來照顧道兒。
「要照顧多久？」
「大概十天左右。」
時間沒有想像中長。那他的意思是，這些人只要接受十幾天的治療，就可以重返日常了？金輝再次開口：「因為十天後，他們就都不在了。」

♡

道兒躺在床上，穿著看起來很舒服的絲綢睡衣，彷彿已經沉睡了很久。床邊的窗戶能看到西海岸。我看了一眼閃著綠光的空氣清淨機和發出隱隱光亮的檯燈，拉開了薄窗簾。我坐在沒有椅背的圓椅上，看著道兒的胸部有規律的起伏，發出穩定的生命徵象。道兒的頭髮比離開時長了一些，已經長到頸部。這些年來，我一直在想像我們重逢的瞬間。即使不知從何時起，這種想像再也不會動搖我的情緒了，但我仍沒有停止過想像。我想像的是我們一起經歷歲月、「變老」的樣子。看著道兒，我才想起之前她說過，若能重逢，我們會出現年齡差距。

道兒還是老樣子，跟離開時一模一樣。我已經等了二十年，但以她的視角來看，不過只離開了幾年而已。

金輝說，長期身處宇宙中的道兒因照射輻射，在返回地球的過程中，急性骨髓性白血病嚴重惡化。醫護人員判斷，道兒的病程已經到了最後階段，即使接受化療也無濟於事。不知為何，看著眼前的道兒，總覺得金輝在說謊。道兒就像剛結束艱苦的訓練後正在休息的戰士，從她沉睡的臉龐可以看到一股堅毅。從前的道兒就是個堅強的孩子，沒想到經歷漫長的航行後，即使在面對死亡的瞬間也能如此堅強。我過去就在想，也許我們根本就是不同的種族。

我看著不知何時會甦醒的道兒好一陣子後，走出了房間。隔壁的房間傳出了哭聲，時隔二十年重逢的一家人正相擁而泣。我透過門上的小窗戶望向裡面，只見女兒緊貼著母親的臉，仔細觀察著流失的歲月。男人坐在一旁不停擦著眼淚。三個人看上去就像一個父親和兩個女兒。我目不轉睛地盯著他們良久。在為了去見金輝而邁開腳步時，想起剛才女生說為了媽媽沒有做手術的事。

我決定做手術的最大關鍵在於職業。聽到最先下決心做手術的同事說，護理師又不是情緒勞動者，我也在深思熟慮後簽了手術同意書。

若不對他人產生共感，就不會受到傷害。這種手術最初出現時，醫學界解釋，每個人腦中都有一面能映照對方內心的鏡子。透過鏡子可以觀察、描繪出對方的情緒，進而產生共感。當對方氣憤或難過時，我們的內心也會透過鏡子形成相應的情緒，該情緒會讓我們覺得與對方處境相同。有學者指出，戰爭就是將集體內部的共感情緒最大化的悲劇。也有調查結果顯示，社會上未使用武器的無數戰爭與殺人，最終都源於「共感」。因此這項名為「破鏡」的手術是為了阻斷鏡子神經元系統，就不會觀察和模仿他人，更不會透過鏡子對他人產生共感了。

手術非常簡單，只需一個小時，而且不需術後恢復期。所有人都可以輕鬆地改變大腦，也沒有太大副作用，只是會略微扭曲過去的記憶，以及對他人難以產生共鳴和感情變得遲鈍。但人們認為後者不算是副作用，而是手術的實際效果。除了透過他人轉移的情緒，人類一天能感受到的情緒並不多，因此從某種角度來看也是理所當然的結果。手術開始實施不到五年，綜藝節目、電視劇和電影就迅速消失了，煽動、刺激性的假新聞也跟著滅絕。為了打造一個穩定的社會，只需打破一面鏡子。

我去找金輝是為了給他答覆。

「我願意擔任專門看護。如果只是幫忙減少病人的痛苦，應該沒有問題。感覺除了我，你們好像也沒有適當人選……」

金輝既沒有否認也沒有肯定，只是笑了笑。他從座位上站起，初次見面時我就覺得他個頭很高、長手長腳，很像一棵筆直的大樹。金輝跟我握了握手，就像等待已久似的開了口，一番話就像事先錄好的一樣。

「因為金道兒沒有家人，這也是不得已的選擇。我們也知道當監護人並不容易。雖說是監護人，但跟囚禁在地球的人質差不多。」

「她可不會聯手外星人進攻地球。」

金輝噗哧笑了。

「看來妳們的友誼很深厚啊。」

「因為我欠了她一筆債。」

金輝用略感意外的眼神看向我。我可以理解他為什麼感到意外，因為二十年前道兒參加太空人徵選時，太空總署就已經對她的債務和人際關係進行了調查。但我欠她的，是占據記憶一席之地的債。金輝也馬上意識到我欠的不是金錢債務，立刻點了點頭，但不解的神情始終掛在臉上。

「不過，聽說您做了手術……」金輝小心翼翼地問道。

我只是打破了照射他人情緒的鏡子，並不表示我無法察覺他人的感情，人們總是混淆這兩件事。但就算我不點明，金輝也察覺到自己說了沒有邏輯的話。

「做了手術不表示債務就此消失了。」

結束對話後，我告訴金輝會離開幾個小時。就算他們會補充醫院的人力，還是得回去說明一下狀況。同事既不會對此感到惋惜，也不會替我遇到奇蹟而高興，大家只會客套地問候一下，不會感受到不必要的同情，這也讓我覺得很輕鬆。金輝為我安排了一輛車和司機。凌晨就出門的我，實在沒有體力一個人從東仁川趕回首爾的家，於是欣然接受了政府機關的安排。

我離開時，隔壁房間的一家人還在握著彼此的手聊天。他們面帶微笑、眼眶紅紅的。他們是不是也聽說，返回的太空人只剩下兩個多星期的時間呢？道兒罹患的是急性骨髓性白血病，其他人的血液裡也有癌細胞擴散。難道這是任意遨遊宇宙受到的懲罰嗎？這比一般的死亡感覺更加支離破碎。

我可以感受到死亡的瞬間。那是一種所有的一切都在離我遠去的感覺，所有空間發生的事都與我無關，就連穿透窗簾照射在牆壁上的陽光也是。彷彿地球上所有發生的事，不僅社會，就連花開花謝、日出日落和颳風下雨等自然現象都把我排除在外了。因我而生的一切都在離我而去，一切都是為了繼續活下去的人，而不是為了快要死去的我。

這種想法在我腦海中醞釀已久。在醫院住久了，就會覺得外面的世界是外星球，更何況是比起幼稚園還更早熟悉醫院的我。媽媽說只要過十個晚上就回家，但她說的十個晚上與我所認知的不同。在我的世界裡，流淌著占領我內心的「怪物」的時間。怪物把痛苦的瞬間拉長，讓人覺得幸福就是一種假象。隨著時間推移，它是何種形態的怪物已經不再重要。重要的是，它從很久以前就占領了我的內心。無論時間有多短暫。

我回醫院與同事打過招呼、返回仁川後，道兒已經醒了，正在看書。不，她看的不是書，而是褐色皮套的日記本。那是道兒出發前我送她的日記本，還交待她一項功課，要她記錄所見所聞。不知道道兒有沒有完成我出的功課？為了不妨礙專心的道兒，我安靜地轉身，但背後傳來了闔上書的聲音。

「伊菈？」

我的身體僵住了。道兒的聲音竟然也跟當年一樣。

「伊菈！」

道兒的聲音十分堅定，我只好回頭。也許在我內心深處期待的是道兒認不出我。我把希望寄託在我們之間十幾年的間隔上，顯然這是不可能的。

道兒眼中的我與記憶中的樣子截然不同。窗外漆黑的仁川大海，瀰漫的霧氣摻雜著灰塵，徹底遮住了太陽。道兒就像昨天才道別的朋友一樣，毫無違和感地看著我。我下意識地摸著根本無需整理的馬尾，朝道兒走去。我無法逃避，況且也沒有逃避的理由。無論時間如何流逝，人都會像指紋一樣，就算有所改變還是會被認出來，就像我認出了那個女生一樣。

我走到床邊，道兒放下日記本，把手伸向我，她的手就像硃砂根的葉子般細長。我很久沒有握過曾經能單手握住我雙手的手了。究竟有多少時間和空間，在我們的掌心間打轉？

我對道兒說：「我很想妳。辛苦了，我一直在等妳。」

我回醫院的期間，金輝已經告訴道兒我會照顧她，以及她時日不多的消息。

「世界發生了很大的變化。關於那個手術，還有妳也做了手術的事，我都聽說了。但在見到妳之前，我根本不知道那個手術意味著什麼。」道兒猶豫了一下，又說：「現在我明白了。」

「什麼意思？」

「我說什麼都沒用，對嗎？」

我不明白道兒的意思，所以沒有任何反應。道兒沒有與我對話，而是喃喃自語：

「妳跟我認識的妳不一樣了。」

「因為我已經四十五歲了……」

「我不是那個意思。」道兒搖了搖頭。

我以為她只會對我略感陌生，但沒想到會是這種地步。我不想反駁和辯解，所以什麼也沒說，我無法糾正任何人的想法，也喪失了反駁的意志，只能等待道兒繼續說下去。

道兒看著我緊閉的嘴唇，開口道：「妳好像不是徐伊菈。」

「那我是誰？」我反問否定我的道兒。

「我也不知道。」

「……妳休息一下吧，有什麼需要隨時跟我說。」

思考彼此都不知道的事等於是浪費時間，況且道兒已經沒有可以虛度的光陰了。我清空床邊的垃圾桶，轉身走出房間。

這時道兒說：「返回地球的期間，我一直想像與妳重逢的畫面，但不是這樣的……居然猜不中妳，這還是第一次。」

門輕輕地關上了。

♡

「哪裡不舒服嗎？」

「嗯？」

「我看妳一直在揉胸口。」

我這才意識到我的右手放在胸口上。我就像看著陌生的東西那樣，默默注視著自己的手掌。我沒有覺得哪裡不舒服，於是回了句「沒事」，立刻放下了手。和我一起照顧患者的洪護理師也只回了一聲「是喔」便沒再多問。我仔細觀察整理毛巾的洪護理師的背影，她就像沒問過我似的做著自己的事。洪護理師手捧著疊好的毛巾和墊子走出房間時，我仍愣在那裡好半天，不知道該說什麼。但我到底想說什麼呢？好像有些話始終在嘴裡說不出口。

隔壁房間的女生名叫燕貞。燕貞從早到晚除了睡覺，都一直守在媽媽身邊。她說年初大學剛畢業，「幸好」一直沒有找到工作，所以可以把全部時間用來陪媽媽。

「生活中很難有時間能徹底陪伴一個人。能陪伴媽媽直到最後，也算一種安慰。」

燕貞母親的病房裡有很多物品，其中吸引我視線的是相冊。每本相冊上都寫著年度日期。每次去巡診我都會瞄一眼那些相冊。

燕貞見我這樣，率先開口：「之前我也不知道媽媽為什麼那麼執著於拍照，現在我明白了。因為最後能留下就只有照片。」

「是喔？」我隨聲附和。

「我以為早就忘了那些事了，但其實並沒有。過去的事，包括當時的感情，其實都儲存了下來。」

我默默地為患者量血壓和體溫，不知道該回答什麼。

「在回憶時，我就會看這些照片，很快就會喚起當時的感情。而且除了某幾張，其他留下的都是幸福的瞬間，就好像抽中幸福可能性很大的彩券一樣。」

整理好醫療用品，走出病房前，我又檢查了一遍點滴和室內溫度。我對面帶笑容的燕貞回以微笑。真教人羨慕。相冊，家裡也有相冊，我也要找出來看看。

也許是剛從隔壁病房出來，才會覺得道兒的病房空蕩蕩的。我躡手躡腳沒有出聲，道兒坐起身，叫住了我。看來只有我還沒有適應與道兒之間的、時間上的物理距離。面對比自己老了二十歲的我，道兒可以很自然的叫我的名字，還有很多事想問我。像是我何時開始做這件事，後來發生了什麼事，還有我的家人。

若問我的人生遇到過什麼特別的事，恐怕就只有好朋友被選為地球人的代表前往宇宙了。除此之外，我的生活平淡無奇。但這就是我期盼的未來。每天過得無聊至極，任由時間流逝。後來我才恍然大悟，自己早就如願以償了。

道兒停頓了一下問道：「妳結婚了嗎？」

我搖了搖頭。補充了一個再恰當不過的理由——沒有閒暇的時間，也沒有適合的人選。

道兒緩緩點了點頭。我突然很好奇此時的她是什麼心情，她有什麼感受呢？我仔細觀察道兒，卻讀不出任何表情，好像盯著一張縐巴巴的紙，即使可以進行審美式的推論，卻什麼也感受不到。如果要我說得再明白一點，我是因為太思念她，才沒有時間去愛別人。但我知道這樣說，會給時間所剩無幾的道兒帶來壓力。

「一個人過很愜意，也覺得沒必要……」

道兒的視線垂了下來，停留在我的胸口，我才意識到自己又在揉胸口了。我立刻放下手，完全不知道為什麼會這樣做。我的心毫無感覺，甚至連感情的創傷也沒有。

「跟我說說妳的事吧。」

我調整坐姿，開始對道兒訴說。彷彿審訊般的時間過去後，接下來輪到道兒了。我就像上了好多發子彈的狙擊手一樣做好準備，誰知道兒輕輕揮了揮手，擋住了我的進攻。

她斬釘截鐵地說：「我累了，想睡一會。」

如果是從前，我一定會抓住想逃跑的道兒纏著她，直到她舉手投降。雖然道兒的體力比我好，但每次都會敗給我的死纏爛打。如今，當年的天真爛漫已蕩然無存。我確認好室內溫度，為了遮陽調整好百葉窗後，走出病房。關上門以前，我又看了一眼躺在床上的道兒的背影。骨瘦如柴的身軀，就像再也無法吸入一滴水的枯木。徹底喪失生命力的道兒，再也無法用活著來形容。是誰奪走了道兒的養分？不是說宇宙什麼也沒有嗎……

我先在這裡講一講道兒的故事。初次遇到道兒是在我八歲那年的一月，地點是大學醫院的大廳。道兒牽著外婆的手，到醫院看幾天前出生的弟弟。那時的我已是醫院元老級的小病號。早已熟悉且厭倦醫院生活的我，無疑成為最讓護理師們傷腦筋的孩子。從某個時刻開始，只要一到巡診時間我就會躲起來。

就這樣，道兒成為參與我第四十次捉迷藏的同伴。眼看護理師就要逼近躲在大廳服務臺後面的我，坐在遠處看著我的道兒鬆開正在打瞌睡的外婆的手，跑到我面前，一把抓住了我的手。道兒帶我去看了剛出生沒多久、還皺巴巴的弟弟。她說弟弟睡的那張床叫膠囊，他為了成為地球人，正在經歷最後的過程。

「他正在抹去外星人的記憶，所以一直睡覺。」

「為什麼要抹去？」

「如果是外星人就無法與地球人溝通。地球人還是外星人時，都會刪除記憶。」

「溝通是指什麼？」

「嗯？」

「媽媽總說要是能跟我溝通就好了。她是什麼意思呢？她說什麼，我都聽得懂，為什麼卻說無法跟我溝通？」

道兒望著新生兒室，停下輕點著的腳，陷入沉思。當時如果弟弟沒有哭，道兒就有充足時間思考我的問題了。哭聲響起，護理師走過來看了一眼孩子的尿布，然後為他換了一片新尿布。

道兒指著護理師說：「就是那個。」

「那個是什麼？」

「超能力。」

「超能力？」

「所有對話都是超能力。」

超能力也是能力，因此每個人都不同，而且這是與生俱來的，所以無論怎麼努力也沒用。就等級而言，道兒可以說是A級超能力者。達到這種能力值的話，就可以用語言來分擔痛苦。現在說這些雖然毫無用處，但道兒曾經一直在幫我分擔痛苦。我們還為這種行為取了個特別的名字——「影子遊戲」。

我繼續說道兒的故事。與相差八歲的弟弟和父母生活在一起的道兒，在十五歲那年不幸成了孤兒。一個喝醉酒的男人試圖縱火尋短，但當大火燒起時，他突然改變了主意，落荒而逃。雖然有人說這是偶發的悲劇，但悲劇是無法用偶然形容的，更別說悲劇現場是道兒家了。悲劇就只是悲劇。道兒在絕望中孤獨地活了下來。

縱火的男人在一天內便繩之以法，新聞大肆報導了男人的相關訊息，貧困潦倒的生活、持續受到社會歧視和毫無改善的社會結構……這世上哪有沒有故事的人呢？是的，男人的困境催人淚下，但就算退一萬步，他也不能奪走一個無辜家庭的未來。誰來補償受害的家庭呢？只對男人寬宏大量的社會，最終只判了他六年徒刑。假設三個人最多只能活十年，至少也要判三十年吧。道兒所說的人類的超能力，只受用於加害者。

「這個世界好像瘋了。」

我說出這句話時，道兒抱住了我。

「我也這樣覺得。」

我不懂事的趴在道兒懷裡哭了。那天是我第一次，也是最後一次號啕大哭。我就像在擰乾全身的水分一樣，哭得痛徹心扉。這件事一直留在我的記憶裡。當時的感覺在多年後才漸漸變得模糊，但我一直記得道兒的一句話：

「妳把我該流的眼淚也哭完了。」

道兒搬去阿姨家。也是從那時起，她擁有了宇宙夢。道兒說，地球上可以溝通的人似乎只剩下我，所以她想去宇宙。我不知道這個理由是真是假，只問了她一句：「如果妳去了宇宙，那我們要怎麼聯絡？」

在道兒真的搭太空船出發前，我只覺得她是要去麗水、濟州島、美國或中國，而不是外太空。她要搭的不是飛機，而是太空船，要去的地方不是地球某處，而是宇宙。簡直難以置信。

那天回到家，我輾轉難眠了很久。只要閉上眼睛，道兒的表情就會生成自動播放影片。我無法理解道兒聽到我說沒有愛人時的表情。她想對我說什麼呢？也許是已經過了太久，再也無法說出那句話了？

我又在撫摸胸口了，但這次沒有像做錯事一樣立刻縮回手，而是任由手撫著胸口。手術前我就常這樣，胸口發悶、隱隱作痛時也會這樣。但那是手術前，現在的我就像無聊的綜藝節目一樣枯燥乏味。我一直想著道兒直到深夜，現實感才漸漸逼近。

道兒回來了，而且時日不多。

♡

整個走廊充斥著隔壁病房傳出的呻吟聲。現在只能用嗎啡緩解痛症了。我趕快帶著藥品衝進病房，只見燕貞抱著女人，女人流著口水，拚命掙扎，燕貞從背後緊緊抱住女人，隨著她左右搖擺的身體一邊晃動、一邊尖叫著。燕貞的動作十分詭異，很像騎在雌性背上的雄青蛙。不斷尖叫的她還讓人聯想到神話中長著兩個頭的巨人。

難道女人的痛症轉移到了燕貞身上？我看著她們汗流浹背地糾纏在一起，心頭一緊，手中的注射器掉到地上。站在一旁的洪護理師見狀，趕快和其他幾個護理師衝過去抓住女人的手臂。她們就像沒看到燕貞，直接壓住了女人，把針頭扎進青筋暴起的皮膚。聽到護理師連聲大喊「放鬆、放鬆」，女人大口做了幾個深呼吸。兩個不斷膨脹又縮小的身體這才鎮靜下來。女人靠在燕貞懷裡，閉上眼睛。燕貞也放開手臂，撫著女人的胸口。她乾燥的嘴唇貼在女人耳邊喃喃說著什麼，雖然聽不清，但從口型可以知道：「很好，做得很好，妳挺過來了。」

「痛症退得很快。」洪護理師一邊整理藥箱，一邊對母女說。

滿臉汗水的燕貞無力的笑了笑。混亂結束後，我才意識到為什麼會在這對母女身上感受到某種即視感。

如今在醫院度過童年的記憶幾乎消失了，這正是破鏡手術的副作用之一。比起針對特別事件的記憶，重複同一天和當天的感受占據了整個記憶。由於副作用的關係，某些感情消失了，能喚起記憶的方法也消失了。我以為都忘了，以為都被抹去了。

原來沒有抹去，原來是我怕忘記，所以把珍貴的記憶都藏了起來。

我就像獨角仙一樣蜷縮在白色的被子裡。我試圖從外部保護自己，但我沒有甲殼類動物堅硬的外殼，我就像很久以前就死去的動物的化石，脊椎鮮明可見。我的雙手青腫得再也找不到血管，最後只好把針頭扎在腳背上。大人說，治療是為了不再讓我疼痛，然而持續的疼痛和高燒反覆折磨著我。

在我最痛苦的時候，道兒學我蜷縮起身體，趴在我面前。我眨一下眼，道兒也會眨一下眼；我用手背擦眼淚，道兒也會學我抹一下乾澀的眼角。見道兒學我，我無力一笑。

「妳又在玩影子遊戲？」

道兒用力點了點頭，頭髮都亂了。

「我在幫妳分擔痛苦。」

「……這樣也可以？」

道兒像影子一樣模仿我的一舉一動，我們為這種行為取名叫「影子遊戲」。每當我疼痛或難過，道兒就會模仿我的動作，然後對我說：

「這樣我就知道妳有多難受了。」

聽到道兒這樣講，我回答：「嗯，好像真的沒那麼難受了。」

當時真的沒有那麼難受了嗎？現在才來判斷真實性也為時已晚。現在的我只能回想起當時的片段，根本找不回當時的感覺。但有一點可以肯定，我當時的笑是發自真心。

「徐護理師。」

聽到有人大聲叫我，我才回過神來。

洪護理師見我一副恍神的樣子，問道：「妳站在那裡幹麼？」

原來我推著手推車一直站在病房門口。我一時無言以對，只好尷尬地笑了笑。

「昨天就看妳有點不對勁，哪裡不舒服嗎？」

「沒有，我沒事。」

「看妳一直摸胸口……不舒服的話，就趕緊去醫院看看吧。」

「我又摸了嗎？」

洪護理師點點頭。對話結束後，我推著手推車朝道兒的病房走去。我並不覺得胸口難受，難道下意識地摸胸口是手術的副作用？但這是與道兒重逢後才開始的，一定是我們見面後才有的現象。我愣在病房門口，陷入沉思。

思念已久的朋友回來了。偏偏妳去的地方是宇宙，所以每當我仰望天空都會想起妳。無論我身在何處，始終都在妳觀測的星球上。我很後悔哭著送妳走。只要想到妳說我們的時間會有所不同，我就會看手錶，還養成推算妳的時間的習慣。我時常思考我們之間從未定義過的關係，有時覺得妳離我很近，但有時也覺得在那黑洞之中才有答案可尋。

妳在宇宙中會想什麼呢？會想起我嗎？是否也像我一樣，在那裡尋找關於我們的關係的答案呢？妳對我說，時間和距離會把一切變成回憶，我卻一直努力否定這句話。漸漸地，等待變成了日常，仰望天空也不再難過，做完人類為求進化而擊碎腦中鏡子的手術後，我終於接受了現實——妳可能永遠不會再回來了。

但妳回來了，而且可以肯定的是，妳打亂了我體內的某種平衡。

道兒的病房傳出呻吟。我推開房門，趴在床上緊抓被子的道兒沒有察覺到我走了進來。蔓延在道兒體內的死亡正在一點一點地吞噬她。我想起剛才那對母女，想起分擔女人痛苦的燕貞。看著伸出右手、左手緊抓被子的道兒，我也慢慢伸出右手，左手緊握住虛空。我模仿道兒急促的呼吸，但在第三次吐氣時中斷了這種行為。

我無法分擔道兒的痛苦。她表達痛苦的唯一方法就只是緊鎖眉頭。道兒很痛苦。我除了認知到這個事實，能做的就只有幫她用藥而已。我拿起注射器走到道兒身邊，道兒一把抓住我的手臂，用力之大，足以證明她正在忍受極大的痛苦。雖然她沒有掉一滴眼淚，卻露出淚流不止的表情。

「我幫妳打止痛劑。」

「伊菈，伊菈啊……」

「等一下。我馬上……」

「妳，為什麼……」

夾雜呻吟的話斷斷續續。我無力掙脫道兒緊握著的手。即使聽到我又重複了一遍剛才的話，道兒也沒有鬆手。我不知道她想做什麼。明明聽到我會幫她打止痛劑，也沒有鬆開手。

道兒看著我說：「妳，為什麼，用那種眼神看我……」

洪護理師走進病房，她掰開道兒的手，扶她躺下。我趕快幫道兒打了針，嗎啡迅速發揮藥效，道兒彷彿暈厥似的睡著了。

我留下幫道兒整理房間，打開堆在道兒腳邊的被子，幫她蓋在身上。道兒看似睡得平靜，但其實已經奄奄一息了。此時此刻，道兒生命的餘量就只剩不到百分之五。

我調好病房的溫度和濕度，拉上遮光窗簾。在整理與昨天幾乎一樣的抽屜時，發現了道兒的日記本。我很想打開看看，最後還是把日記本放回原位，走出了病房。

幾個小時後，當我再次走進病房，平躺的道兒正瞇著眼睛注視天花板。她醒著，但看起來並非清醒狀態。在醫院經常可以看到這樣的患者，他們漸漸放棄生命，期盼安息時那種遙望虛空的眼神，就和道兒現在一樣。我走到病床前，道兒注視天花板的目光轉移到我身上。

我問道兒：「現在覺得好點了嗎？」

道兒沒有回答，只是緩緩點了一下頭。奄奄一息的患者會最先失去聲音，當散發生命活力的聲音逐漸消失後，死亡的沉寂就會籠罩四周，所以命在旦夕的患者病房才會尤為寂靜。這種寂靜正在一點一點吞噬道兒，很快就要徹底吞噬她了。到那時，道兒會從地球上消失。她從地球上消失過，但這次是另一種意義上的消失。

我幫道兒測量了心率和體溫後，讓她好好休息。道兒輕輕握住了我的手。

「怎麼了，哪裡不舒服嗎？」

我豎起耳朵，生怕聽不清道兒微弱的聲音。道兒的視線移到抽屜。準確地說，是放在抽屜裡的日記。

「這個？」

道兒點點頭。看我拿著日記愣在原地，道兒伸手把日記推向我懷裡。

道兒說：「妳不是很好奇我的故事嗎？」

「……」

「看這個。」

回家路上，我反覆確認日記是否還在包包裡，甚至抱住包包加快了回家腳步。回到家，我把日記放在餐桌上，但沒有立刻翻看，而是開始打掃房間，然後洗了澡。我想了想晚飯要吃什麼，最後從冰箱取出一罐啤酒。我坐在沙發上抱著雙腿，打開電視。新聞播報著關於道兒的消息，簡單介紹了她的成就和目前住院的情況後，就直接播報了下一則新聞。ＡＩ朗讀的內容除了傳達消息，不具備任何功能，況且人們也再無期盼了。我很難專心看接下來的新聞，一心只想著餐桌上的日記。它彷彿在召喚我——「不要再堅持了，趕快過來看我啊，妳在害怕什麼呢？」如果真的有人這樣問，我只能回答我也不知道理由。我雙手緊握日記本，坐回沙發上。

我翻開第一頁。日記從道兒離開的二〇二八年三月一日開始。

2028.03.01

今天，終於出發了。

第一篇日記就這幾個字而已，接下來的日記也大同小異。某日寫著想吃辣辣的泡菜刀削麵，某日寫很想念住在社區花圃的小貓咪……我明知上面寫的就只是些文字片段，還是聚精會神地讀了下去。道兒的文字很有魅力，想到她在宇宙寫的竟然都是這種瑣碎的內容時，不禁惹人發笑。寫日記的時間間隔短則一個月，長則兩年。沒寫日記的空白期可能一直在沉睡，彷彿把時間丟在了宇宙。

2035.10.04

我經常照鏡子，對鏡子裡的自己自言自語很久。

好像只有鏡子裡的那個人能理解我。

我翻到下一頁。這篇日記跟上一篇時隔兩年之久，而且很長，我慢慢地從第一行開始讀。

2037.12.05

我要寫一本關於孤獨的小說。

如果回去，如果能回到地球的話。為了打破所有的偏見，我要把主角設定為沒有姓名、性別、長相的存在。

職業可以像我一樣是太空人，也可以是從其他星球來到地球的外星人。我要賦予主角一個故事，因為經歷巨大的悲傷，必須像被驅逐一樣離開故鄉的星球。主角在宇宙中流浪，尋找語言不通的外星生命體。就連一句「你好」也聽不懂，所以得花很多時間溝通。

但最終在那裡也找不到答案，只好返回故鄉的星球。為了去見唯一的朋友，為了得到朋友的安慰與共感，主角不得不回到令自己傷痕累累的故鄉。

主角漂流在浩瀚的宇宙中，才醒悟到自己想要的並不多。主角不停想像著重返故鄉，想遠離那些無法理解的語言和傷人的話語，但圍繞自己的就只有自己的呼吸聲。

就這樣，主角結束旅程返回故鄉，見到了唯一的朋友。看到骨瘦如柴的主角，朋友一定會跑來抱住他。雖然孤獨，但見到了唯一理解自己的朋友，所以結局並不悲傷。

我要回到地球。出發前簽了字，就算死在宇宙也要完成任務，但我一定要活著回去。回到那個有聲音、有光亮、有影子、有悲傷、有虛偽、有怨恨、有憎惡的地方，回到我離開的地球。

我撫著胸口，撫了很久很久，直到手掌發麻。

我突然意識到自己有話要對道兒說。明天見到道兒，我一定要把這些話告訴她。

不受傷是我們選擇的最好的保護傘，因為我們經歷了互相殘殺的年代，並且對此無動於衷了。人們覺得只要能不受傷，不失去自我和身邊心愛的人，失去感情並不算什麼。世界會變得更和平，所有的紛爭、戰爭、爭執和廝殺都會消失，地球也會變得一塵不染。這正是我們期盼的。我認為如果道兒沒有離開地球，也會心甘情願接受這種手術。所以道兒，就算我失去了妳，但只要可以保護妳，我還是會做手術。妳一定不明白我在說些什麼吧？妳不會理解的。

就像我現在也無法理解妳一樣。

♡

燕貞決定帶女人回家，我們能為她準備的只有止痛劑。我反覆說明注射止痛劑的方法，斜眼瞄了一下站在她身旁的女人。女人比回來時更加消瘦了，但能回家讓她看起來氣色好了許多。女人向我道謝，我也說了聲辛苦了。看著她們遠去的背影，我撫摸著胸口。牽著女人手的燕貞背影看起來十分堅強，似乎可以承受即將到來的離別。她一定會很難過，但會熬過去的。

該打止痛劑時，道兒沒有醒來。幾天前我看過的日記就擺在窗邊，道兒沒有問我感想，我也沒多說。我好像失去了語言，不知道該說什麼安慰的話，也不知道該如何表達感受。我不知道在那之後道兒是否還有寫日記，因為我沒有勇氣再去看她的日記本。我把止痛劑加在點滴袋裡，整理好推車，為了不吵醒道兒悄悄地轉身。但有一股衝動促使我走回道兒身旁，我跪在地上，把手放在她起伏的胸口上。

「又在玩影子遊戲？」

「我在幫妳分擔痛苦。」

我慢慢跟隨道兒的呼吸節奏，明知無法幫她分擔痛苦，還是模仿起她的樣子。道兒曾經成為我的影子，分擔了我的痛苦。我希望自己也可以像她一樣，雖然不知破碎的鏡子能留住她多久。

等道兒醒來，我要把故事講完，為沒有解開的公式找到答案。我會模仿妳的動作，學妳講的話，從背後抱住妳，告訴妳一切都會好起來的。我要回家拿來相冊，說不定我也可以喚起燕貞的那種感情。陪伴道兒，讓我的心漸漸感受到痛楚，肌肉似乎緊縮了。也許我們之前最強烈的感情，把我帶回了原來的狀態。

之後的四天，我一直陪在道兒身邊。最後我對她說，很高興又見到妳了。

我會反覆記憶妳離開的這一天。說不定在某個瞬間，我的心會像碎裂的糖果一樣感受到疼痛。

縱然我現在不知道，那是什麼感覺。

杜夏娜

五月初，那個物體悄然無聲地出現。
直到它停駐在東亞大陸上空之前，誰都沒有發現。

1

智娜第一次聽聞那個名字時，正在第五工廠分類衣服。為了盡快完成分配的工作量，一直埋首工作的她首次開了口。交談的人們略感驚訝地望向智娜，自從到工廠工作後，這是智娜第一次開口說話，難怪大家會有此反應。智娜性情溫和，但不知為何大家都覺得她很難親近。況且所有人都心知肚明，在這種地方還期待能像以前那樣社交，本身就是很愚蠢的一件事。

事情才剛過一個月，卻彷彿已經像中世紀一樣久遠。人們都在努力理解和避開彼此帶有稜角的部分。正因為聚集於此的人都感情細膩，才能默默熬過絕望的時期。為了智娜，大家把剛才聊的又重複了一遍。智娜的表情與平時無異，她聽完後就默默走回自己的座位。越講越興奮的人們看她毫無反應，都很失望，但也只有這樣而已。大家很快就散開，回去工作了。工廠又恢復往日的平靜，只有智娜的內心始終沒有平靜下來。

大多數的倖存者都希望參與戰爭，無論做什麼，大家都想盡一份心力。起初除了未滿十七歲的孩子，總共招募到三萬人。與戰場一樣，維持這裡的生活也同樣重要，人們需要包括糧食在內的各種生活用品。沒有秩序，就無法生存。入冬後，氣溫降至零下二十度的國家更是如此。除了未滿十七歲，有家庭的人也被排除在名單之外，尤其是家裡需要人手照顧的人會最先排除。即使如此，還是有不得不參戰的人，讓這種情況像是充滿諷刺的悲喜劇。

因為不知道這種狀態會持續多久，倖存者先選出了領導人。三位候選人分別為在野黨的國會議員、二十年前國家代表隊的花樣滑冰冠軍和太空人。三位候選人沒有舉行競選活動，只是一起開了兩天的會之後，最終決定由國會議員領導大家。這是符合現實的決策，並非由於正義感或使命感，而是出於生存本能，所以放棄了追求權力的欲望。

以三位候選人為中心組建起軍隊，沒有參與戰爭的人分配了其他工作。階級消失後，大家就只是默默做著各自負責的工作。

智娜也有報名參軍，但因母親需要照顧，最後還是被淘汰了。智娜沒有因落選而難過，反正是預料之中的結果。更何況感情早已消耗殆盡，她也無力再多愁善感。

智娜在第五工廠負責將巡邏隊在警戒區外的地方找回的衣物按季節和尺碼分類，不知不覺這份工作已經做了一個月，每天最長工作五小時，按照規定，身體不舒服或生理期可以休息，但很多人除非病到臥床不起，否則不會輕易曠職。智娜只請過兩次假，都是因為媽媽。有一次是媽媽咬了老人保護所的看護，另一次是媽媽無緣無故地哭了一整天。聽聞消息的智娜不得不放下手上的工作趕去保護所。那兩次提早接媽媽回家的路上，看著對自己不聞不問的女兒，媽媽邊哭邊抱怨：「妳姐姐夏娜，夏娜……」

那天智娜下班後，沒有直接去保護所，而是趕去貨物轉運站。除了上次體檢，這是智娜第二次去那裡。智娜走到警衛面前，還沒等她開口，警衛就先檢查了智娜的瞳孔，確認沒有異常後，警衛才問智娜來的目的。智娜猶豫了半天，最後還是開不了口，直接轉身走掉了。但沒走幾步又走回來。天氣越來越冷，才十月而已，體感溫度就已降至寒冬。智娜想起之前在這裡見到的藝琳說過的話。

「對不起，智娜姐，只有我一個人回來。」

智娜不知所措地摸著自己憔悴的臉和脖子。這句充滿絕望的話微妙的蘊含著希望。也就是說，夏娜可能死了，但也無法肯定她真的死了。距離上次遇到藝琳已經一個月，而她的那句話成為智娜的一絲希望。

希望總是伴隨著絕望。無論先迎來哪一方，另一方遲早也會隨之而來。

「夏娜……」智娜克制自己的猶疑，艱難地開口：「聽說來了一個叫夏娜的孩子。」

這次智娜先感受到了希望，所以她必須做好準備，面對即將到來的絕望。

那天智娜見到了夏娜，但不是她要找的夏娜。

2

日落後，那些男人就會蜂擁而至，倖存者稱之為喪屍群。他們的習性似乎也與喪屍完全相同，說不定已經進化成歸屬於喪屍的物種。這種推測還沒有確切的依據，但唯一可以確定的是，他們會像喪屍一樣使用人類聽不到的音波。與其說是進化，更接近變異，或者該說是感染更為貼切。

透過「夏娜」，人們發現那些被感染的男人使用著人類聽不到的音域。雖然無從得知感染途徑，但大家都知道原因。每天夜裡，倖存者都要與蜂擁而至的男人展開搏鬥——說得更準確些，是與寄生在男人體內的外星生命體搏鬥。

感染的男人會躲避陽光，瞳孔變得渾濁，視力迅速下降。無人知曉為何特定性別的感染率如此之高，幾乎達到百分之百。唯一知道的是，自從那個不明飛行物體出現在東亞大陸上空後，沒過多久男人們就相繼感染了。誰也不知道它是何時、以何種方式停駐在地球上空的。調查真相已經成為比結束戰爭更為遙遠，且微不足道的事。

那個東西停駐在空中，用「出現」來描述並不正確，應該說是發現才對。橫跨大陸上空的飛機與之相撞後，人們才發現了它。就像佛祖揮手一拍那樣，飛機直接墜落，無一人倖免。人類被迫首次迎接了外星來客，連追悼死者的時間都沒有。

那個東西就像孵化前的蠶蛹。人類屏息仰望天空，一片寂靜。公元前的人類是否就是這樣崇拜天空的呢？當時大家並未查覺到絕望，甚至還興奮地猜想這些外星來客是來探訪孤獨的人類的。

世人的視線都集中在那個東西上，只有智娜並不在意。那時的她正在準備獸醫系的畢業考，照顧媽媽的看護又突然失聯，所有事都無可迴避地受到了牽制。雖說畢業考可以明年再考，但媽媽的痴呆症已經嚴重到大小便不能自理的地步，必須有人陪在她身邊。智娜也不好意思拜託剛考上大學、幸福得像擁有全世界的夏娜。無奈之下，智娜只好向之前僱用的看護求助。智娜就是在忙著處理這些，根本沒時間去關心兩百架無人機接近「那個東西」的新聞直播。

智娜整理好學校行李、準備出發去醫院時，發現交通嚴重堵塞，於是放棄搭公車，轉頭朝地鐵站走去。人們都在用手機看新聞，無論性別和年紀，所有人都在看相同的畫面，愣在原地的智娜顯得有些格格不入。智娜覺得翻書包找出耳機很麻煩，於是偷瞄了幾眼別人的手機畫面。政府為了確認那個東西的形態，正在進行塗色工作。或許這行為激怒了外星來客，就在智娜站在醫院門口跟夏娜講電話時，那個東西突然閃起強光。

夏娜沒有認真聽智娜在講什麼，只顧著追問她有沒有看新聞。事發當時，夏娜和男友還有幾個同學正在休息室看直播。夏娜考上大學後，從三月末開始跟學長談起了戀愛。智娜很不喜歡那個人，因為有一次他酒後失態推倒夏娜，害得夏娜韌帶拉傷，打了兩個月的石膏。智娜很認真地勸夏娜跟那個人分手，但夏娜覺得只是一時失手，還袒護起男友。自那之後，夏娜再也沒在智娜面前提起過男友。智娜也不想繼續在意這個，但每次聽到她和男友在一起還是不免擔心。朋友也勸智娜，二十歲的女生難免會被愛沖昏頭，但智娜就是不理解夏娜為什麼要跟那種人交往。打不贏就加入嗎？智娜莫名慶幸起自己沒有遇到過那種人。

智娜努力不去在意夏娜和男友的事，要她晚上來醫院見一面。就在這時，夏娜突然興奮地說，天空瞬間亮得什麼也看不見了。智娜不相信夏娜的話。兩個人分別身處仁川和龍仁，距離這麼遠，怎麼可能同時看到光亮，更何況天也黑了，難道不是錯覺？如果當時智娜知道那道光覆蓋了整個地球的話，就不會煩惱其他的了。

夏娜用驚恐的聲音呼喊著智娜。與此同時，智娜看到一輛汽車開上人行道，撞倒了一個女人。電話另一頭的夏娜連連發出哀號，智娜看到那輛車後退後，又從掙扎的女人身上輾了過去。智娜在應該提醒夏娜注意安全時跑向了女人，她與坐在駕駛座上的男人四目相對，男人的眼睛是灰色的，就像中了邪一樣。

♡

再次與那雙眼睛四目相對時，智娜從夢中驚醒過來。躺在雙人沙發上的智娜坐起身，蜷縮起身體，看向白板上的日曆。距離「那天」只剩下八天了，沒時間在這裡磨磨蹭蹭。智娜感到渾身都很不自在。平時就算再晚都會回家睡，沒想到在這裡打了個瞌睡，一天就過去了。昨晚沒回家，媽媽一定又生氣了。雖然有輝京照顧媽媽，但也不能一直麻煩人家。智娜想著得趕快回家為她們準備早飯，加快了腳步。

才剛通過大門，冬日的冷空氣就貫穿了全身。智娜下意識地思考起，人類也許不是地球的主人，因為寒冷是生命體生存最惡劣的環境。如果人類徹底消失，說不定地球會在經歷如此劇變後，恢復最美的狀態。

感染的男人就像沒有知覺的生物一樣橫衝直撞，不使用大腦、只靠蠻力的樣子也與喪屍毫無區別。但他們不會吃死掉的女人，沒有食慾就等於沒有動機，無目的的殺人更讓倖存者倍感淒慘。

感染的男人怕光，所以女人都只在白天活動。倖存者需要一處像島一樣封閉的地方，但礙於無法預測事態發展，徹底的孤立也很危險。於是以領導人為首，倖存者會照顧彼此、四處逃避躲藏，最後抵達位於永宗島的避難所。仁川大橋和永宗大橋則成為兩道堅實的城牆。

智娜在永宗島遇到了最後與夏娜身處同一個空間的藝琳。藝琳見到智娜，眼淚奪眶而出。除了感謝她活了下來，智娜不知道該說什麼才好。就這樣，倖存的女人一起生活在永宗島。雖然偶爾也會收留男人，但時間並不長。女人群居會更有秩序的想法顯然是錯誤的，畢竟大家都是人，難免會發生偷竊和爭吵。大家都心知肚明，只要是群體就會出現摩擦。

智娜看到媽媽正坐在輪椅上看書，不禁有些驚訝。輝京用眼神示意，媽媽暫時恢復了清醒。這種情況很少見，但近來發生得很頻繁。這是好兆頭，但令智娜尷尬的是，媽媽並不知道現在的狀況，幸好媽媽通常不會清醒超過三十分鐘。媽媽也知道自己罹患了老年痴呆症，所以不會堅持要出門或見朋友。

「今天也是妳一個人回來？」

智娜把外套搭在椅子上，習以為常地說了謊：「大學生都很忙的。」

「那她也得回家啊。女孩子總在外面過夜成何體統，都不知道這世界有多危險。」

輝京問智娜能待幾個小時，智娜回說待不了多久，於是輝京說要回家洗個澡再過來，就走出了家門。輝京分配到照顧老人的工作後，經常來家裡照顧智娜的媽媽。智娜覺得一整天照顧別人的媽媽並不容易，輝京卻說照顧別人的媽媽反而輕鬆。其實智娜也多少認同她的話，畢竟感情很容易把事情複雜化。媽媽撇不清關係的男人就是一個例子。媽媽闔上書說：

「總是重複看相同的內容，看來我的腦子的確有問題。」

「記不住內容，表示妳不愛書裡的角色。」智娜拉來椅子，坐在媽媽身邊。

「妳知道愛一個人伴隨著多少責任感嗎？……算了，妳都不談戀愛。」

智娜追問媽媽為什麼這麼說，語氣中夾著委屈。

「妳從來沒帶男朋友回家啊。妳這麼優秀，怎麼可能沒人追……」

「媽，我也談過戀愛，只是沒有男朋友而已，交往對象還是有的。」

「什麼意思？妳說話怎麼這麼難懂。」

智娜摟住媽媽的肩膀代替了回答。媽媽也沒再追問，撫摸起智娜的背。

「工作很辛苦吧？拯救生命的工作很偉大的。」

「……」

「如今這種年代，想愛一個人都很難，更何況是愛無法溝通的動物，所以妳的工作很了不起。」

媽媽清醒時，智娜就會變成獸醫。媽媽喃喃自語半天後終於睡著了，正好輝京也來了。智娜沒有多作休息，直接離開。

那個夏娜不是智娜要找的人，赤腳走過長長的仁川大橋的孩子是「另一個夏娜」。那孩子蜷縮著身體坐在治療室的床上，一直捂著耳朵。聽聞她剛到避難所時，只反覆重複著一句話：

「好吵。」

因為她不配合，根本無法幫她治療。走了一個月才抵達避難所，可以想知她為了生存經歷了什麼。大家只能等她慢慢認知到這裡是安全的，大家都在努力保護她。但在智娜看來，她就像是動物保護中心的流浪狗，適應環境當然需要時間，但也要有人向她伸出手，不斷告訴她這個世界並不殘忍，幫助她繼續活下去。遇到這個孩子，智娜產生了莫名的責任感，彷彿命運在督促她，不能對這個夏娜視而不見。

「我可以跟那孩子講幾句話嗎？沒關係，我一直在做這種事。」

那個孩子名叫「杜夏娜」，十七歲。兩人身處同一個空間三個小時後，夏娜才停止顫抖，開口道出自己的名字和年齡。夏娜的小手緊握住智娜的雙手，久久不願放開。如果要找的夏娜還活著，一定也像這孩子一樣在瑟瑟發抖吧？想到這，智娜一把抱住了面前的夏娜。

她們來到夏娜居住的貨運站，通過大門前先做了檢查。因為不知道何時會變得跟那些男人一樣，所以一刻也不能放鬆。

這裡原本是航空公司的貨運站，事情發生後就變成了避難所。貨運站堆滿了從市區找來的武器和生活用品，國內航空公司的倉庫則變成特殊部隊的訓練基地。特殊部隊由具備參戰經驗的倖存者組成，部隊的核心人物就是夏娜。

而這個十七歲的孩子之所以成為部隊的重要人物，原因既簡單又存在必然性——她能聽懂感染的男人的語言。夏娜能聽到人類聽不到的聲音。她彷彿是神派來的使者，為拯救人類而存在的人。

夏娜對聲音十分敏感，平時也要配戴防噪耳機，但她很喜歡鋼琴的聲音。貨運站的角落擺著一架鋼琴。夏娜到避難所的幾天後，發現了那臺原本要送往遠方的鋼琴。

「妳會彈鋼琴？」智娜問道。

夏娜搖搖頭。智娜拆下層層包裝，坐在鋼琴前。得益於對教育充滿熱情的媽媽，智娜苦學了六年鋼琴。當手指一碰到琴鍵，就自然而然地動了起來。彈鋼琴的記憶就和騎腳踏車的記憶是差不多的感覺吧。演奏結束後，夏娜模仿智娜按了幾下琴鍵，等待智娜的回答。

「這是 mi。高音的 mi。」

夏娜又按了幾下高音的 mi。直到餘音徹底消失後，夏娜又按了幾下，而且是以非常緩慢的速度。就這樣，智娜教了夏娜三個月的鋼琴。

智娜走進夏娜的房間，卻不見人影。夏娜生氣時會躲到床底下或沙發後面，再不然就是躲進更衣室。智娜早已掌握了夏娜的躲藏模式，所以按照順序尋找，很快就能找到她。這次夏娜躲進了更衣室。智娜看到夏娜抱腿坐在地上，就像最初見到她時一樣。夏娜緊閉雙唇，正在警戒著什麼。

「唯一」總是與束縛捆綁在一起。夏娜的特殊能力成了倖存者活下去的最後希望。雖然大家都很疼愛夏娜，但沒有人可以說這是單純的保護。夏娜別無選擇的參與了戰爭，她要竊聽敵方的對話來部署作戰計劃，無論夏娜是否願意，都必須做這件事。因此，並沒有人去揣測夏娜內心的想法，沒有人想知道在事情爆發前她是怎樣的孩子、家人都在哪裡。因為如果知道了，可能就無法再派她前往戰場了。

智娜看著桌上的餐盤，白粥一口都沒動。夏娜經常頭痛，雖然知道她痛苦時會難以下嚥，但還是得吃東西。只有這樣才能撐下去，才能活下去。

自從住進避難所後，夏娜日漸消瘦，現在已經瘦成了皮包骨。衣服的尺寸也越改越小，最後只能穿童裝。智娜脫下外套，一邊打了聲招呼。她彎曲膝蓋，看著夏娜的眼睛，伸手說：

「我回家了。」

「……」

「妳還沒吃飯？那和我一起吃吧，我也沒吃。」

如果是平時，即使看到夏娜呆滯的表情，智娜也會假裝沒看見。她必須這樣做。但當夏娜如冬日枯枝般的手指碰觸到自己時，智娜莫名萌生了想帶她去見媽媽的念頭。但她必須先向夏娜說明媽媽的情況，神智不清的媽媽見到陌生人可能會哭，最糟糕的狀況是哭到大小便失禁。智娜不確定夏娜是否有勇氣面對這種情況，感覺就好像要把從未見過人類的小黑猩猩與嬰兒放在一起一樣。

3

如果地球上所有生理男人都感染了，就可以不假思索地將他們一網打盡，這樣事態也可以很快平息。智娜始終認為問題的根源在於憐憫。之前家裡已經窮得家徒四壁，但媽媽出於憐憫一直照顧那個無能的男人。智娜明知不能把責任歸咎在媽媽身上，還是發洩了不滿的情緒。

智娜和媽媽的關係一度出現裂痕也是因為爸爸。縱然媽媽辯稱一起過了這麼久的日子，難免割捨不下感情，但在智娜看來，她就是習慣委曲求全罷了。智娜勸媽媽活得自私點，這是為了自己的幸福。但媽媽反倒斥責這樣的女兒冷酷無情，那瞬間讓智娜很想哭，因為外婆在世時也是這樣斥責媽媽的。看著不辭辛勞、直到最後還在為婆家準備祭祀食物的外婆，媽媽也說過和智娜相同的話。難道憐憫也會代代相傳嗎？這種遺傳也太奇怪了。

現在想來，叔叔從來沒有對外婆說過這種話。

並不是所有到避難所的男人都感染了，只有一個男人在臨死前沒有發生變異。嚴格來說，他是在快要發生變異前死掉的。男人說，每天晚上會聽到某種聲音，有時醒來還會發現自己站在陌生的地方。但他隱瞞了頻繁出現這種情況的事實。大家可以理解他隱瞞實情的原因，畢竟說實話就只有死路一條。夏娜發現了這件事。男人住進避難所兩個月後，每天夜裡夏娜都能聽到他的懺悔。大家都覺得殺掉男人很可惜，畢竟他在避難所幫了很多忙。看到過了兩個月也沒有發生變異的男人，大家放鬆了警惕，覺得也許他和其他男人不一樣吧……

「你也能聽到吧？」夏娜追問男人時，流露出至今從未有過的冷酷表情。

男人猶豫了一下，點了點頭。被恐懼包圍的男人沒有抵抗，甘願受任何懲罰，只懇求大家再給自己一點時間。他感受到的恐懼並非來自死亡，而是害怕自己會殺害心愛的人。男人與結伴逃到避難所的愛人做了簡短的道別。也許在男人身上會發生沒有感染的奇蹟，但為時已晚。兩名手持長槍的軍人帶走了男人，他們朝大橋的方向走去，只有男人沒有回來。

那天夏娜也生了一場大病，就和每次出征回來一樣，難受到快要死掉。問她哪裡不舒服，神智不清的夏娜也講不清楚，滿頭大汗的她就像孩子一樣哭個不停。高燒不退時，她會喘不過氣，感覺就像快死了一樣。沒有人知道為什麼會反覆出現這種症狀，大家覺得大概是出去戰鬥讓身體太疲憊，所以病倒了。但那天智娜突然意識到，夏娜之所以會病倒，是因為「那個聲音」，只有夏娜可以聽到其他物種發出的聲音。

♡

在帶夏娜回家前，為了獲得許可和幫助，智娜先去見了茂熙。身為研究員的茂熙是腦神經專家，是她發現夏娜在聽到特定聲音時腦波的變化。茂熙用一個詞定義了夏娜——「氣球」。鼓鼓的、用指甲輕碰一下就會砰一聲爆炸。

智娜的請求讓茂熙很傷腦筋。帶夏娜離開安全區本身就很危險，即使是在避難所裡，哪怕只走幾條街也難以保證夏娜的安全。雖然每天都有幫夏娜注射維生素和營養劑，但她的身體始終不見恢復，隨著體重下降，所有數值都降到了最低點。如果這種狀態持續下去，不要說上戰場了，還能活到哪一天都是未知數。

「我說過的。夏娜……」

「我知道，妳說她跟氣球一樣。」

夏娜是不完整的，但不知緣由，只能說這種不完整是與生俱來的。茂熙說，人們帶夏娜上戰場，等於是帶著一個隨時可能爆炸的氣球上戰場。夏娜平安回來的機率也近似於奇蹟。

智娜說：「但距離那一天只剩下八天了。」

「就是因為只剩下八天，我才勸阻妳啊。」

「那八天之後呢？」智娜追問：「妳能保證八天後，她可以跟我一起回家嗎？」

「夏娜也想跟妳去嗎？」

「她抬頭看我的時候，眼裡閃爍著光芒，我從沒見過夏娜流露那種表情。」

正如智娜預想的，茂熙動搖了。因為表情比任何話語都具有說服力。

智娜乘勝追擊。「我也希望這次出征可以勝利，比任何人都希望大獲全勝。再說，這裡不是很安全的小島嗎？」

「……」

「不會有事的。妳不覺得這樣對夏娜也有好處嗎？夏娜的情況惡化，不就是因為只往返於戰場和避難所嗎？」

智娜也不知道為什麼要說服茂熙，但她知道如果茂熙再拒絕，她就要生氣了。幸好這次茂熙點頭了。

「但要限時，這種條件妳也應該覺得合理吧。」

三個小時。茂熙只給了智娜三小時。這是夏娜來到避難所後第一次，也是最後一次的自由時間。

「喔，對了。這次是最後一次，妳不去嗎？」

智娜轉身時，茂熙問道。智娜愣了一下，反應過來後點了點頭。

「原來如此。我知道了。」茂熙用略帶遺憾的口氣說。

三週前，智娜為尋找妹妹夏娜去了仁川大橋的另一頭。那是她最後一次前往市區。智娜抵達大橋另一頭時，整個城市鴉雀無聲。經過一個世紀建設起來的城市發生了劇變，坍塌的道路和被藤蔓纏繞的建築，在在證明了摧毀一個城市的文明，只需要很短的時間。

隨處可見排列整齊、遮住臉部的屍體，以及追趕幼崽的流浪狗和從水泥細縫間長出的雜草。水坑、水坑中生鏽的電線桿、車胎扁下去的汽車、被動物和蟲子襲擊過的垃圾桶……無人打理的城市正在漸漸抹去人類的痕跡。如果這種狀態持續一個世紀，世界會變成什麼樣子？智娜無法想像那樣的世界，但她可以肯定，漸漸抹去人類痕跡的地球會很美麗。

載著智娜的貨車朝富平市方向駛去。為了維持供電，幾輛貨車開往電力公社，另外幾輛貨車開往近郊市區尋找倖存者和生活用品。雖然感染的男人不會在白天出沒，但因為一年中有半年的日落很早，出去還是十分不便。供電時間越來越短，很快連食用水也會見底，必須在此之前結束戰爭。

智娜也看到了死去的感染者。有人說他們像喪屍，但在智娜眼中更像緩緩乾枯的木乃伊。目前倖存者沒有餘力研究和分析他們如何獲取養分，待事件落幕，一定會有人進行這方面的研究。目前就只知道他們都像榆樹的樹皮一樣在慢慢乾枯。

整座城市就像巨大的公墓，大部分屍體已面目全非，智娜只能透過衣服尋找夏娜。那天的夏娜穿著米白色上衣和牛仔褲，這種穿著十分普遍，所以智娜找得很辛苦。每當掀開蓋在屍體上的白布時，智娜都會感受到交織在一起的絕望與希望。誰也無法阻止絕望演變成歷史，無法言喻的感情一層層地累積在了心底。

看到頸部的蝴蝶刺青時，智娜認出了高中時短暫交往過的人。那個人是她的初吻對象，但結局並不愉快。智娜提出分手時，那個人威脅她，要把談戀愛和接吻的事告訴智娜的父母。智娜不怕這種威脅，她只是不喜歡兩敗俱傷的分手方式。最終，智娜還是放棄了這段關係。沒想到會在這裡遇到以為此生不會再遇到的人，智娜幫他把雙手疊放在胸口上。雖然曾經詛咒過這個人，但沒有詛咒他去死。智娜站在原地心想，要是他還活著該有多好。

那天之後，智娜決定不再去找夏娜了。她告訴自己，夏娜一定躲在哪裡，會自己找來避難所的。如果不這樣想，她便無法在這裡生存下去。活著的人還是要活下去。智娜反覆思考著這句被引用過無數次的句子。

茂熙建議智娜利用最後一次「外出」時間，因為那時避難所會放鬆戒備。智娜看到五輛貨車開過大橋後，帶上衣服和帽子去夏娜的房間。夏娜正等在門口。

智娜笑著問：「準備好了嗎？我們走吧！」

夏娜呆呆望著智娜伸出的手，遲疑了半天才握住。夏娜剪得很短的指甲就像藺一樣。

永宗島上的人變少了。為了以防萬一，原本在貨運站附近巡邏的人也都移動到大橋附近。當然，就算被發現也不會像逮捕罪犯一樣把她們抓回去，更不會懲罰她們。大人們頂多會斥責她們不要引起騷動，趕快回去。智娜就像越獄一樣躡手躡腳，緊緊握著夏娜的手，彷彿錯過這次機會就永遠無法逃脫詛咒似的。

「緊緊抓住我的手，不可以放開。我就在這裡，別放開，一定要緊緊跟著我……」

4

人類想像過無數次世界末日，但在眾多可能性中，很少有人會支持外星生命體入侵這種劇本。難道是因為這樣，人類在面對陌生的生命體進攻時，才會束手無策。

沒有人知道為什麼會這樣，還有它的理由與目的，為什麼偏偏要用這種殘酷的方法？倖存者推測，那個生命體發出的頻率支配著特定性別的大腦。但真相還在未來，生存才是迫在眉睫的事。

發生變化的不只男人，漂浮在空中、像蠶蛹一樣等待孵化的那個東西也打開翅膀降落在地面。倖存者視它為喪屍群的根據地，將其命名為「巢穴」。換句話說，與其說它是飛行體，更像是一個龐大的生命體。巢穴可以移動，選擇適當的藏身之處。它只在夜晚現身，白天根本看不到。但沒有人知道它是怕光還是因為夜間更利於活動。在白天隱身移動的巢穴，到了夜晚會出現在其他地方。這三個月來展開過十次進攻，但屢戰屢敗。感染的男人力氣大得驚人，而且速度極快。倖存者沒有像樣的武器，所以戰敗也在意料之中。

但大家並沒有盲目地四處征戰。本無勝算可言的戰爭在夏娜出現後，終於出現了轉機，因為她可以聽到男人的聲音。在敵方展開進攻前，夏娜可以提早幾秒聽到他們的聲音。那是共同的聲音，就像他們的語言。

分析夏娜聽到的聲音又花了三個月。為了聽清楚聲音，必須靠近巢穴，而且是在感染男人活動的夜晚。為了保護夏娜前往市區，很多倖存者都去而不返，但仍有很多人主動報名。為了早日結束戰爭，每個人都付出了努力。

如同膨脹氣球的夏娜經常暈倒。出征回來後由於體力不支，要過很久才會甦醒。而且頭痛越來越嚴重，已經到了連喝一口水都很艱難的程度。才不過半年，夏娜就已經消瘦得就跟那些喪屍差不多了。

看不下去的智娜為了幫夏娜增強體力，強迫她攝取營養素和蛋白質的同時，還做了體能訓練。但夏娜毫無這方面的意志。要不是智娜，她可能早就放棄一切離開避難所了。情況越來越糟糕，不知何時起，感染的男人開始一窩蜂地撲向夏娜，就像是必須銷毀什麼似的。人們猜測，男人應該察覺到了夏娜可以聽到他們的聲音。

夏娜記住了那些聲音。如果可以準確知道那些聲音的含意就好了，但倖存者人手不足，也沒時間分析，但仍根據不同狀況統計出了那些聲音的可能含意。男人同時望向一處時會發出「雷黑寶克」；奔跑時會發出「阿呵叻」；殺人前會發出「嗶嘿」。那些聲音就像命令般，會在採取行動前發出。若可以提前掌握他們下一步要做什麼，說不定就可以接近巢穴了。

♡

看到突然走進門的智娜，輝京大吃一驚，隨後又看到身後的夏娜時，輝京猛地站了起來。這讓智娜十分後悔沒有事先打聲招呼。輝京知道夏娜是誰嗎？如果不知道，那隨便找個藉口就能敷衍過去吧？就在智娜不知該如何是好時，輝京拿起沙發上的薄毯走到玄關，圍在夏娜的肩膀上。

「怎麼抖成這樣，很冷嗎？」

看到輝京拉起夏娜的手，讓她趕快進屋時，智娜意識到自己的擔憂是多餘的。怎麼忘了大家生存下來的理由了呢。

媽媽正在睡午覺。輝京說已經睡了一個多小時，很快就會醒。但夏娜就像籠子裡的動物，始終沒有邁過門檻。

「她等等就醒了。別站著，過來坐，放輕鬆。」智娜說道。

面無血色的夏娜望著智娜，轉動了一下僵硬的眼球。那是彷彿有灰塵落下的機械式動作。

分配到的住處是一棟可以看到遠處無人島的老房子。國際城市有很多高級公寓，現在有許多素昧平生的人三三兩兩地合住一間公寓。智娜要照顧媽媽，比起媽媽的不便，她更擔心給別人帶來不便，所以放棄住進公寓，搬到遠處的老房子。老房子也很好，媽媽更喜歡住在這裡。

之前是什麼人住在這裡呢？這裡不是空房子，餐具和家具都沒有灰塵，晒衣架也還掛著衣服，表示在事情發生前還有人住在這。也許住在這裡的夫妻在附近經營餐廳、民宿或出租腳踏車的商店……但重點是，他們沒有再回來。夏娜看到面朝下蓋在桌上的相框，停下腳步。

「這是屋主的照片。」

夏娜動了動嘴唇，似乎有話想說。見夏娜遲遲沒開口，智娜接著說：

「光是看到照片就很難過了，但也不忍心丟掉。也許他們還會回來。我們只是借住，所以不能亂動人家的東西。」

這時，房間的門開了。

「天啊，夏娜也回來了。」醒來的媽媽走出來說道。

夏娜往後退了幾步，一直退到牆角。緩步走來的媽媽伸手把擋在夏娜臉上的頭髮撩到耳後。一直盯著地板的夏娜這才看向媽媽的臉。媽媽雙手捧起夏娜的臉蛋。

「女兒，妳怎麼變得這麼憔悴？」

智娜看到了不同以往的媽媽。媽媽不但早把夏娜記成了姐姐，現在連夏娜的長相也忘了。妹妹夏娜的性格溫順，就算是為了要零用錢而撒嬌，也會逗得媽媽開懷大笑。智娜覺得這是老么應盡的本分，但妹妹經常強調，這是她的生存之道。

「我最晚才加入這個家庭，身為老么的我，要想在你們早已形成的穩固凝聚力，以及沒有我時累積的回憶裡生存下去，就只能這樣。從這種意義來看，撒嬌等於是我的生存方法。必須時刻提醒你們我是個可愛的孩子，就像小狗小貓為了不被主人遺棄而撒嬌一樣。妳就不需要這樣，妳出生時就只有妳一個人。」

智娜雖然想反駁說這是強詞奪理，但又想不出合理的說辭，而且她也拿不出不撒嬌也能達成目的的證據。有時智娜也覺得夏娜替自己做了很多女兒該做的，只是沒想到妹妹這樣做是出於生存本能。現在的智娜也認同了那個荒謬的主張。

另一個夏娜枕在媽媽膝蓋上，一隻手緊抓媽媽的腿。面對此情此景，智娜不禁覺得眼前的夏娜也在掙扎著想要活下去。

沙發上的兩個人就像一副重疊的畫。媽媽一邊撫摸夏娜的頭髮，一邊喃喃自語。夏娜的雙眼失去了焦距，好像睡著了。看著如此安寧的夏娜，智娜確信自己的想法沒有錯。貫穿背脊的緊張感消散後，僵硬的腰板這才稍稍放鬆下來。智娜一直處在緊張狀態，因為她不想讓夏娜在這個空間感到不安。瞬間，可以反駁妹妹的句子一閃而過。

「穩重則是我的生存之道。為了不被家人拋棄，我就要有長女的穩重，而且不能辜負他們的信任。」

如果能親口反駁妹妹該有多好。

「手怎麼變得這麼粗糙。手要乾淨細嫩，人家才不會覺得妳吃苦。要認真擦護手霜。」媽媽摸著夏娜的手。「很睏喔？那睡一會吧。」

夏娜望著智娜，緩慢地吐著氣，就像被打了麻醉劑的動物。一直失眠的夏娜浮現出馬上就可以入睡的表情。

「我唱首搖籃曲給妳聽？」

夏娜點了點頭。

「唱哪首呢？嗯，就唱這首好了。我最近耳邊總是會響起這首歌。」

媽媽輕拍夏娜的背，哼唱起歌曲。智娜不後悔這趟外出，說不定這次外出為夏娜找回了活下去的勇氣。只有活下去，才能再來這個家。

哼唱搖籃曲的媽媽垂下頭先睡著了。在小心翼翼扶媽媽躺下時，她也沒有鬆開夏娜的手。回去的路上，智娜也緊緊握著夏娜的手，直到把她送回房間。

「妳還好吧？下次再來我們家。隨時歡迎妳來。我們一起生活好了，就當是為了我媽……」

那天，最後一次出巡的隊伍因為一時大意，在隧道遇到襲擊，結果只回來了一半的人。永宗島寂靜得像沉入了海底，沒有哭聲，只有偶爾從某處傳來好似捶打身體的聲音和嘆息。大家都很清楚這樣的日子實在無法再繼續下去了，但也沒有人敢輕易放聲大哭出來。

眼淚很快就止住了。因為隔天下午，奇蹟般活下來的人走過大橋回來了，而且帶回了能打贏這場戰爭的祕密。

5

倖存者們唱起了同一首歌。沒有人知道是誰帶頭領唱的，甚至很多人不知道歌曲的名字。這首歌很簡單，只要聽一次就可以跟著哼唱，第二次就可以唱出歌詞。智娜也不知道這首歌，但總覺得曲調很熟，就像生活在這片土地上的人們的基因，都烙印著悲傷的記憶。

如果大橋另一頭出現倖存者，避難所就會響起鐘聲，大家也會放下手上的工作聚集在大橋前。但沒有人會跑過去攙扶倖存者，因為很可能被緊追在後的感染者偷襲。所以，大橋是倖存者最後必須跨過的人生關卡。很多倖存者疲憊不堪，一步走得好似萬步般艱難。有的人甚至中途倒下後，就再也沒有起來。

就在大家無聲地為那個倖存者加油打氣時，有人唱起了歌。歌聲就像在告訴倖存者不要放棄，不要迷失方向，趕快追隨歌聲走過孤獨的大橋。大家勾肩搭背，左右搖擺，高唱著那首悲歌。我們就在這裡，不要停下腳步，不遠了，拿出最後的力氣，這座橋是有盡頭的。

昨晚沒回來的倖存者才走過大橋就暈倒了，手緊握著一張不是自己照片的身分證。洪賢。

♡

智娜剛走進會議室，圍坐在圓桌前的十個人便把目光投向她。茂熙舉手指了指身旁的空位，智娜低著頭沒有看任何人，走到空位坐了下來。與智娜相隔五個人的地方坐著今天回來的倖存者。雖然不是正面相對的位置，但能清楚看到那個人的表情。智娜斜眼打量了一下倖存者，她全身塗抹的藥膏還沒有乾透。

桌上擺著剛好符合人數的茶杯，杯裡的茶還在冒著熱氣。乍看好像在舉行許久未見的校友會，但並不是所有會議都是這種氣氛，這樣做是為了讓倖存者放鬆下來。倖存者手握溫暖的茶杯，調整呼吸。

智娜小聲問了茂熙：「她叫什麼名字？」

「秀妍。」

智娜點點頭。顯然身分證上的「洪賢」不是她本人。她帶回了遇難者的身分證。這種事很常見，必須記住犧牲者，記住那個擁有名字的人是誰、長什麼樣，而不是只記得犧牲的人是一個女人、少女、學生。

秀妍調整了半天呼吸後，才開口說：「彌鄒忽大路附近有一個東春隧道，我們就是在那裡遇襲的……」

「不是說不能走隧道嗎？」國會議員開口問道。

秀妍咬住嘴唇，點了點頭。

「隧道很短，我們以為不會有問題。」

「但那是無光的地方，沒有光線的地方都很危險。這是我們定的規則。」

國會議員的語氣親切，但也很堅決，她必須問出違反規定的原因。秀妍不敢再吭聲。坐在秀妍身旁的人握住了她的手。

「為什麼要走隧道？為什麼明知違反規則，還要讓自己身陷危險？」

「兒子……」秀妍支支吾吾地說，「有人說好像看到兒子了……在那個隧道裡……」

沒有人發出嘆息聲和噓聲。秀妍垂下頭，在座的人以各自的方式表達著遺憾。

有人開口問：「真的是兒子嗎？」

秀妍點頭。

「也是萬幸，至少在死前見到了自己的孩子。妳別緊張，跟我們說說妳是怎麼逃出來的。」

「我……在隧道看到他們後就拚死往外跑。跑了很久，途中好幾次差點被他們抓住。想到停下來就只有一死，我就拚了命和她一起往外跑。」

秀妍把握在手裡的身分證放在桌子上。

「跑出隧道後，我們躲進一輛廂型車，要是沒有那輛車我們早就沒命了。我們躲在那輛六人座廂型車的椅子後面，等待日落。期間一直聽到野獸般的嘶吼……一直沒有停……」

「妳們熬過了地獄般的黑暗。做得很好。」

「彷彿身處地獄的時間結束後，天也漸漸黑了。我們一心只想回來，但不知道要走多久。確認他們都散去後，才從車裡出來……」

秀妍低下頭。大家都能想像秀妍經歷了什麼，所以沒有人催促她。秀妍不斷哽咽和充滿恐懼的聲音令人心痛。智娜不忍再看秀妍，也低下了頭。

「我們一直跑，頭也不回地往前跑，跑到都沒有力氣了，但不能停下來……」

「做得好。」國會議員開口說道。

秀妍看向國會議員。

「妳做得很好，頭也不回地一直跑回來，妳做到了。」

「……謝謝妳這麼說。」

「不，應該我們謝謝妳才對。謝謝妳平安歸來，謝謝妳活了下來。」

所有人看著秀妍點了點頭，也表達自己的感謝。秀妍終於流下強忍的眼淚，雖然只有幾滴而已。

平靜下來後，秀妍再度開口：「但我們發現了一個很奇怪的現象。凌晨兩點時，我們確認了手錶，可以確定是凌晨兩點。那些男人停止了行動，足足有五分鐘。」

「什麼意思？」

「不知道原因，但有五分鐘的時間他們一動也不動，像蠟像一樣，眼睛徹底失去焦距，好像靈魂出竅那樣……然後他們排成一排，朝同一個方向走了。我很害怕，一直縮著身子，但洪賢看得一清二楚，她從頭看到尾，還說說不定這場戰爭很快就可以結束，感覺那些男人也希望早日結束這一切。」

「洪賢為什麼這樣說？」

「……他們看起來沒有時間了。」

「時間？」

秀妍沒有理好思緒，支支吾吾了半天。

「不知道那些感染的男人是怎麼移動的，但看起來也到了極限。人畢竟都有一死……感覺他們正在準備什麼，說不定正準備大戰一場，所以說，我們的時間也不多了。」

聽到大戰一場，在座的人開始竊竊私語，會議室的氣氛立刻變得緊張。這種可能性很大。外星生命體應該也意識到，主宰這個星球的靈長類如果無法攝取養分，就會變得比雜草更無用、更脆弱。不僅如此，它應該也看到了咬緊牙關活下來的人的堅毅。顯然這場戰爭再拖下去，對他們也很不利。

會議時間延長了。大家都同意提前開戰，但針對該不該先派人去確認秀妍的話是否屬實，出現了意見分歧。大家都知道有這個必要，但這樣做也會帶來更大的犧牲，實在無法強迫任何人為集體利益作出犧牲。而且對某些人來說，提出這種要求就等於是在強迫她犧牲。在場的人都安靜了。這時，太空人開口：

「那些人的速度和力氣都不若以往了吧？」

「嗯，這點我可以肯定。」

「一定要有人去確認秀妍說的情況。」

「的確有這個必要。」

太空人豪爽地笑了。她的笑聲與氣氛格格不入。大家都看向太空人。太空人撩了一下亂蓬蓬的頭髮。

「我去。既然之前推我為領導人，這種時候就該讓我來。但在出發前，最好有人幫我理髮，再怎麼說還是得乾淨俐落的上戰場吧。」

沒有人勸阻她。

「幹麼這種表情？這次的任務必須『回來』。我一定會回來的。」

太空人的話稍稍緩解了沉重的氣氛。國會議員和花式滑冰選手也舉手表示要與太空人一同前往市區，但考慮到必須有人留下主持大局，最後決定只加派滑冰選手，因為她的運動神經比國會議員發達。

為了讓她們平安回來而進行作戰會議時，秀妍悄悄走出了會議室。智娜注視著秀妍，也跟著走出會議室。秀妍坐在廁所前的長椅上，抱著頭的手背傷痕累累，上面還有不忍擦拭的血跡。智娜從口袋裡取出手帕，走進廁所。她一邊用水潤濕手帕，一邊想像著秀妍獨自跑回來的情景。一個人跑在日出的馬路上，身後沒有人追來，身旁也沒有同伴，孤獨的跑過那座大橋。即使可以停下來卻無法停下來，跑得氣喘吁吁，跑得喉嚨都能嘗到血味。智娜又想到自己，那時吵雜、熙攘、一片混亂，剛好與秀妍相反。智娜擰乾手帕，走到秀妍身邊坐下，拉過秀妍的手。秀妍沒有反抗。

「我認識妳。」秀妍用另一隻手搭在智娜的肩膀上說。

雖然這句話聽起來沒什麼感情，但智娜還是很開心。

「妳在照顧那個孩子。我從遠處見過妳們幾次。」

原來是在避難所見過我。智娜略顯失望地笑著點了一下頭。

「妳們之前就認識嗎？」

「不，我在這裡第一次見到她。」

「聽說那孩子對別人非常警惕，我還以為妳們原本就認識呢。」
「有那麼嚴重嗎？」
「她到避難所時，我負責保護她，真是非常敏感，我還以為沒有人能靠近她呢。」
左手擦乾淨了，秀妍自然而然地伸出右手，問道：「妳之前做過這種工作？心理諮商？」
「沒有。我沒有工作過，之前是大四學生。」
智娜覺得和秀妍聊天很舒服。幫她擦乾淨每根手指的時候，都會不自覺地微笑。
「那個孩子和我妹妹同名，我到處尋找妹妹時遇到了她。雖然不是諮商師，但我讀的科系專門研究無法溝通的生命。她不是我妹妹，卻替代了妹妹。遇到她後，我走出了悲傷，也可以說是她幫助了我。」
話才說完，秀妍突然握住智娜的手，皺起眉頭說：「不要放棄希望。」
「……」
「外面還有很多倖存者。大家躲在不同地方，以不同方法保護著自己。所以不要放棄，妳妹妹，很有可能還活著。」
因為害怕心痛而一直逃避的希望，再次包圍住智娜。

6

夏娜。我妹妹也叫夏娜。

她個子很高，有深深的酒窩，留著適合她的短髮。小時候的她是田徑選手，但因為爸爸反對，後來就放棄了。我勸她不要放棄，爸爸不會代替她的人生而活，但那孩子還是笑著放棄了夢想。她說不喜歡田徑了。我無話可說，只好點了點頭。我努力不去想她早起去運動的樣子，再也不提這件事。

如果那時的她知道自己是真心喜歡跑步，會改變什麼嗎？她會直視自己的內心嗎？我也不知道。我只知道一切都為時已晚。

我們並不是感情一直很好的姐妹，但至少會努力避免爭執。只有女兒的家庭大概都這樣吧。為了不成為家裡的負擔，會縮小自己的存在感，壓低聲音說話。儘管如此，我們也有自己的想法和夢想，但我們只能依靠彼此。我很慶幸有她作伴。無法對媽媽說的事，妹妹都知道。即使得不到她理解或認可，但光是聆聽就足夠了。我們不會對彼此的事指手畫腳，談戀愛也是，只要聆聽就可以了。就像妳現在聽我說話一樣。

我們的故事太瑣碎了，也沒什麼營養價值。就只是重複相同的事，而且是人人都經歷過的事。我很開心看著妹妹長大，喜歡參與她的生活，也很慶幸能為她開始另一場賽跑加油。

她很堅強。她親口對我說：「姐，我很堅強的。」看著一頭霧水的我，她補充道：「只是想告訴妳一下，怕妳不知道。」我不知道嗎？不，我知道的。她的意思是，她比我想像中還要堅強。她跑得很快，肯定逃到了很遠的地方。每次想到這我就會很難過。因為覺得她還活著。

夏娜啊，看著妳，我就會想起另一個夏娜。這真的很奇怪。妳們的五官、體型和性格都不同，難道只是因為同名？但我還是覺得妳們有相同之處，妳們真的很像。

♡

為了消滅喪屍而派出的人進入了市中心。

倖存者手拉手站在連接永宗島與城市的大橋前，等待執行任務的人歸來。並排而立的人們就像堅固的城牆、從未戰敗過的勇士和從電影中走出來的戰士，每個人都充滿鬥志，希望盡快結束戰爭，與心愛的人團聚。

如果再這樣下去，不只倖存者，連感染的男人也會徹底消失。到時即使成功趕走入侵者，恐怕地球也很難在一定時間、甚至一個世紀內恢復原樣。但說不定這也是件好事，地球可以藉此機會慢慢找回自己的節奏。

外面的歌聲響了整夜，智娜和夏娜待在房裡。可能是想聽歌聲，夏娜打開了一直關著的窗戶，手指沒有規律地敲打著窗框。智娜觀察了半天，才發現她是在彈鋼琴。智娜想起剛才與茂熙的對話。

「說不定她回不來了。」

「什麼？」

「智娜，妳怎麼假裝聽不懂呢？」

沒錯，智娜就是在假裝聽不懂。更準確地說，在茂熙這樣講之前，智娜就已經想到這個後果了。但她祈禱自己的想法是錯誤的，卻不知該向誰祈禱。這個世界有神嗎？也許神存在於宇宙。這顆星球上沒有神。如果真的有神，神早就在他們侵略地球時擊退他們了。最終，智娜的祈禱就只是在喃喃自語，但她還是不停祈禱。現在可以相信的不是傾聽祈禱的人的力量，而是話語的力量。

戰爭無可避免，但能減少傷亡，一直在引導大家前往巢穴的夏娜也才能平安回來。必須相信奇蹟。

歌聲一停，夏娜的手指也靜止了。失去旋律的手指在窗框上徘徊片刻後，落在了膝蓋上。

黎明破曉時分，執行任務的兩個人應該回來了，這代表夏娜出征的時間也臨近了。智娜坐在夏娜身旁，把手疊放在她手上。因為夏娜不肯開口，所以沒有人知道夏娜過往的人生。了解一個人的過去可以讓我們更理解那個人，但並非是愛一個人的必要條件。

智娜很想知道夏娜的故事。妳是誰，妳以前的人生是怎樣的？

「等妳回來，請告訴我妳的故事。」

夏娜直視智娜，緩緩眨著眼睛。每當呼吸時，兩個人的身體就會緩慢的膨脹，再恢復原狀。這就是活著的證明。

智娜撫摸著夏娜的臉頰，沒有擦乳液的皮膚十分粗糙。

「妳會改變這個世界，妳會取得勝利。但是，夏娜啊……」

夏娜晃動的眼神在等智娜繼續說下去。一縷陽光照進了房間。當大橋另一頭出現了兩個人的身影時，智娜懇切地對夏娜說：

「這個世界需要妳，妳一定要親眼見證這場戰爭的勝利。」

「……」

「因為這場戰爭的勝利屬於我們。」

在夏娜準備開口前，茂熙衝進房間，傳達了那兩人活著回來的好消息。

7

大部分的人處在極度營養不良的狀態，很多男人沒熬過一天就死了。他們不記得三個月來發生了什麼事，也不知道自己是如何維持生命的，但每個人都嘔出像香菸焦油般黏稠的黑色液體。該物質是地球上沒有的原子結構。研究的時間延長了，結論遙遙無期。

每個人都在忙著重建生活，尋找失散的親人，舉辦遲來的葬禮。出於擔心男人會再次發生變化，陷入恐懼的人們按照性別劃分了區域，但也出現反對此舉的示威遊行。另一方面，也出現了懇求原諒、甘願受罰的群體。

寬恕並沒有在每個人身上奏效，也沒有出現領導大家度過這個關卡的領導人。持續的不安與懷疑，持續的原諒與被原諒沉澱進土壤，造就了現在的地球。

巢穴最後在中國東北地區徹底消失。這場殘酷的戰爭持續了很久。在人力短缺的關鍵時刻，得到了其他國家的援助。夏娜仍置身這場戰爭的中心，她擁有預測敵人行動的神奇能力。巢穴停留過的地方不僅輻射汙染嚴重，而且一望無際都是黑色的液體。清理屍體的工作遇到困難，更無法準確統計倖存者人數。

巢穴消失的第三天，智娜離開了永宗島。茂熙希望智娜能留下來和自己一起工作。

「老實說，那孩子存活的可能性很小，妳去等於是送死。再說，妳也該為媽媽著想吧。」

茂熙說得沒錯，但智娜的表情十分堅定。

「萬一她還活著呢？難道不該去找她嗎？」

茂熙沒有再反駁。

智娜把媽媽託付給輝京。回家跟媽媽道別時，媽媽正處在清醒狀態。還沒等智娜開口，媽媽就像知曉一切似的問道：「妳要去找夏娜啊？」

智娜遲疑了一下，最後點了點頭。

「外面很危險，妳們早點回家，我在家等妳們。」

♡

夏娜還活著。智娜臨行前，一直回想著夏娜說過的話：「姐姐，我還要去妳家。」

夏娜是堅強的，所以她一定還活著。

智娜加入了隊伍。

現在要出發去找夏娜了。

戴著黑色假面的鳥

幾千隻黑面琵鷺飛過西海的天空時，沒有人想到那是黑面琵鷺。

九年前的二〇二四年，世界自然基金會（ＷＷＦ）表示黑面琵鷺已在地球上徹底滅絕。在失去越南爪哇犀、腹黑啄木鳥和北美山豹後，仍事不關己的人類之所以會對黑面琵鷺的滅絕感到悲傷，是因為韓國鳥類學會會員兼根特大學全球化校區的環境工程學教授金松藝媛博士指出：「這只是一個開始。」

未來在你每天睜開眼睛時；在你吃完早餐，準備開始新的一天時；在你結束一天忙碌的工作，與友人把酒言歡，共度晚餐時，地球上就會有一個物種無聲無息地消失。金博士還指出，這些物種消失並非因為無法適應弱肉強食的自然環境，而是無法適應人類任意改變的生態系統。

為時已晚的最後通牒帶來了絕望，但並沒有對股市造成任何影響。網路新聞的點閱率仍集中在政治和經濟議題，至少要往下滑九次才能看到環境相關的新聞，留言區也只能看到幾則呼籲守護地球、公益廣告似的留言。

冰河融化將導致北極熊面臨滅絕已成為常識性的事實，然而對於這個常識性的事實，人們只表達了非常識性程度的悲傷，並以同等程度的悲傷接受了黑面琵鷺的滅絕。就像把北極熊和奇異鳥視為滅絕動物的象徵一樣，各種隨行杯、環保袋和手帕上也出現了這種好似戴著黑色面具、渾身雪白，有著像飯勺一樣長嘴的黑面琵鷺。

恩知念國小時也收到過畫有黑面琵鷺的書包，那時揹著書包的她並不知道黑面琵鷺意味著什麼。買書包的父母明白黑面琵鷺的意義嗎？可能也不明白。如果他們明白，就不會在經營的外賣餐廳使用那麼多塑膠餐盒了。他們會知道小魚體內也被發現含有塑膠微粒嗎？會知道靠捕食小魚維生的鳥，體內也會累積塑膠微粒，而且很多鳥被沒有分解的塑膠網勒死了嗎？

每每看到店裡堆積如山的塑膠餐盒，恩知都會產生這些疑問，但始終沒有開口詢問父母。因為她知道受塑膠所困的不只那些鳥，還有父母。

政府制定的環境負擔金政策要求每使用一個塑膠餐盒，須繳付一百元韓幣稅金。儘管商家提出抗議，但毫無用處。某些人指出考慮到環境，應使用可重複使用的餐具，但很多業者無法增加回收餐具的人力，最後只能選擇繳罰金，繼續使用塑膠餐具。

針對那天黑面琵鷺飛過西海的推測，很多人提出質疑，但金松藝媛博士非常肯定地表示那群鳥就是黑面琵鷺。發現滅絕的黑面琵鷺比九年前宣布滅絕時更震驚社會，其中最令人們震驚的，莫過於黑面琵鷺出沒的地點。

在西海岸拍攝到黑面琵鷺後，世界自然基金會和動物保護協會利用人工衛星，掌握了黑面琵鷺的飛行路徑和出沒地點：北緯 38.323809°，東經 127.428540°。那裡是位於鐵原北側的中西部內陸地區、白鶴的遷徙地——韓半島的非軍事區。

我們無從得知原本棲息在西海岸的黑面琵鷺為何突然移動到中西部內陸，而且這個重要的疑問被隨後發生的一系列意想不到的事情掩蓋了。最重要的是，由於南北休戰，長期處於半強制保護的生態環境——韓半島非軍事區吸引了全世界的目光。

沒有人對保護非軍事區的立場提出質疑，至少表面上是如此。「開發」不再具有希望、進取的含義。韓國政府也表示要在保護生態環境的同時，進行黑面琵鷺在此出沒的研究。全世界都十分關注，好幾個國際大企業為了提高企業形象還贊助了研究經費。人們甚至為非軍事區的休戰線賦予了意義，稱之為「地球的休止符」。

韓國吸引了大批國外遊客，為親眼一睹非軍事區而從最北端趕來的遊客持續增加，創下史無前例的觀光收入。恩知的父母很開心看到這種改變，想到會有很多觀光客來到非軍事區，就算恩知家位於鐵原的外賣餐廳距離稍遠，應該也會帶來一些生意，於是父母開始擴建餐廳，在店內增設了四張餐桌。但有別於恩知父母的預期，鐵原、江華和華川吸引了源源不斷的投資，民宿如雨後春筍不斷湧現，四周隨即掛上了各大連鎖餐廳即將開張的廣告布條。

恩知家的餐廳連一桌客人也沒上門，轉眼間，餐桌上便堆滿塑膠餐盒。隨著餐廳數量增加，叫外賣的人反而更少了。恩知家的餐廳也沒有擠進觀光客評選的美食餐廳名單，就結果而言，恩知的父母可說是得不償失。

黑面琵鷺出現時恩知十七歲，直到十九歲大考之前，她都只能在父母的嘆息中埋頭苦讀。考上首爾的大學後，恩知搬去了學校宿舍。恩知對黑面琵鷺毫無興趣，而且早就厭倦鐵原這個地方了。不只大企業，很多環境團體也蜂擁而至，他們看到恩知家的餐廳大量使用塑膠餐盒，口沫橫飛地勸說一番後就消失得無影無蹤。恩知不想為人類至今一直明知故犯的錯誤負責，她覺得這很不公平，但她也明白那些人的話都很有道理。即使是為求生存，我們每個人仍該為破壞生態環境付出代價。

無論是何種方向的生活，恩知都不想與這些事有任何牽扯。幸運的是，恩知的數學很好，大學考上了數學系。她覺得若能成為學者或研究員固然好，但也很想當老師。數字是宇宙的全部，但好像又與地球上的事沒有多大關聯。全世界持續關注突然出沒在非軍事區的黑面琵鷺，相關研究工作也在熱烈進行，但對恩知都只是另一個世界的事。

對恩知來說，念大學就等於是在「還債」。靠學貸和其他貸款維持了一個學期後，因為去打工讓她的成績一路下滑，最後沒有申請到第二學期的宿舍名額。看來只能在校外租屋了，但恩知不想求助父母，於是以分擔一半房租的條件住進了同學家。雖然不用付保證金和每月九十萬元的房租，但每月四十五萬的支出也讓恩知倍感壓力。無奈之下，恩知只好延長打工時間。跟指導教授面談時，教授都會建議恩知去做家教或到補習班打工。每次聽到這種落後時代的建議，恩知都覺得所謂教授的更新速度都很慢。面談結束後，恩知就會和室友把教授當作下酒菜，邊喝酒邊安慰彼此。

恩知堅信，只要熬到畢業就能成為準時領月薪的教師。就算這個職業賺得少，至少可以擺脫每天不安的生活。恩知也心知肚明，由於出生率下降，無論是正式教職或約聘教師，名額每年都在減少。

恩知在咖啡廳打工，每次把外帶的塑膠杯遞給客人時，都會覺得大腦的記憶組合非常奇特。每次遞出塑膠杯，恩知想到的不是父母，而是黑面琵鷺。

恩知在咖啡廳賣力磨咖啡豆、沖咖啡時，生態學者們掉入了迷宮。既然黑面琵鷺在非軍事區出沒，那肯定會有飛往那裡的路徑，但無論怎麼利用人工衛星和南北韓的探測器尋找，始終找不到黑面琵鷺飛來的痕跡。學者苦惱了很久，最後提出幾種可能：一是黑面琵鷺從很久以前就棲息在那裡了；另一種是，一對雌雄的黑面琵鷺在那裡繁殖產下了後代；最後是盜獵者放了所有的黑面琵鷺。但無論哪一種都不具說服力，否則這九年來，不可能沒人發現有幾千隻黑面琵鷺生活在那裡。

當時還有一位學者開玩笑說：「牠們是從地裡冒出來的吧？」整個會場突然安靜了五秒，才傳出陣陣笑聲。

透過直播觀看會議的人們指責：「花了那麼多研究經費，竟然在那裡嘻皮笑臉！」

但責難聲沒有持續多久。很快地，這句玩笑話變成了現實。

之所以沒有發現「洞」有兩個原因：從表面上根本看不出那是一個「洞」（不知是否可以這樣說），雖然從大小和體積可以判斷那的確是一個洞，但從表面上看與平地無異；另一個假設是，洞是移動的。因為它距離人們發現黑面琵鷺出沒的地點，朝東北方向差了二十五公里。雖然這是很荒唐的想法，但不幸的是，除此之外也找不到其他黑面琵鷺出沒的可能原因了。

然而，發現「洞」也成為一樁不幸。像往常一樣，在非軍事區探查的A研究員突然發出一聲尖叫，就消失不見了。稍後又接連傳出尖叫聲，又有三名研究員消失了。那是短而急促的尖叫聲，假如有人掉進坑裡，尖叫聲應該會越傳越遠，但那四名研究員發出的尖叫聲卻像進入了真空，突然就中斷了。

就這樣，在犧牲了四名研究員和探查機器人後，終於發現了那個直徑七十六公尺的「洞」。無法辨認出洞的理由很簡單，因為它沒有邊界。地面上的確存在一個直徑七十六公尺的洞，但洞口長著草和樹。

經過謹慎小心的一個月調查，人們首次在平地感受到置身懸崖的恐懼。人們手裡拿著一公尺長的棍子敲打地面，圍繞洞口在間距三十公分的地方豎起高達三公尺、附有GPS的柱子。從宇宙觀測時，那個洞不是完美的圓形，更近似於橄欖球的形狀。

學者試圖像測量深海那樣運用超音波，但毫無效果。幾次嘗試後，學者發現洞內處於真空狀態。之後又嘗試派入無人機，但在抵達四千公尺深時訊號就斷了。因為沒有光亮和聲音，又徹底無法通訊，難以判斷無人機是否抵達了洞底或仍在下降。但可以知道的是，這個「洞」的形態和性質與天坑不同，就像陸地上出現的巨大宇宙黑洞。

如果是黑洞還算好理解，問題在於它本身看起來只是陸地，長著草又長著樹，偏偏就是無法踏入。說它是妖怪布下的陷阱可能還更有說服力一些。人類開發的各種技術都無法測量這個洞，學者們調查了一年，仍無法確認黑面琵鷺與洞的關係。就這樣，研究工作變成了一個巨大的謎團。

恩知也有關注那個洞，只是沒有其他人那麼關心罷了。在出現失蹤者的兩個月前，恩知因為再也無法申請貸款而休學。偏偏不巧的是，室友急需用錢去國外語言進修，決定退租房子。無奈之下，恩知只好另尋住處。室友勸恩知不如回家幫忙做事、存點錢，但這對恩知來說是絕不可能的選項。

恩知用省吃儉用存下來的錢付了考試院的租金，房間位於洗衣房隔壁，所以月租最便宜。連一扇窗戶也沒有的三坪房間，只能放下一張單人床和一張書桌，躺下時雙腿還要伸到書桌下面。即使條件很差，但恩知很滿足。房租只有之前的一半，這樣還可以少打一份工，專心讀書了，再努力一點，就可以拿到下學期的獎學金。恩知很喜歡「時來運轉」這個詞，她相信即使當下遇到一些困難，但慢慢會好的。恩知不想把時間浪費在抱怨上。

房東帶恩知看房時提到可能會有一點噪音，所以幾天後恩知提出噪音問題時，房東才會理直氣壯地說：「簽約時我不是告訴妳了嗎？」

恩知想追究的是「一點」的程度，她說：「怎麼連拉椅子的聲音也可以這麼大呢？」

房東嗤之以鼻，「二十萬元的房間，妳還想怎樣？不想住，就搬走。」

房東的語氣近似於威脅，因為他知道恩知無處可去。雖然很傷自尊，但恩知只能讓步。她安慰自己，拉椅子、搬桌子的聲音可以忍受啦，這種程度完全可以當作生活噪音。

但真正的問題發生在隔壁的人搬走後。隔壁的房間空了的第三天，傳出「咚」的聲響。

恩知以為是建築發出的聲音。有時候在睡著前，整棟樓或家具會發出像是錯位的聲響，老房子都會發出這種莫名其妙的聲響，所以恩知沒有放在心上，心想可能是哪裡出現了不均衡的問題，等適應以後就好了。就像之前適應桌椅噪音那樣……但那個聲音十分清晰，而且每次都會在凌晨吵醒沉睡中的恩知。好幾次，恩知沒有理會，她把被子蒙在頭上，塞上耳塞或耳機繼續睡覺，但凌晨二、三點還是會被那個聲音吵醒，甚至有時還會在聲音傳來前就先睜開眼睛。

恩知忍了一個星期後，跟房東說：「隔壁總是有聲音。」

「聲音？隔壁是空房啊。」

「但凌晨總是會傳出咚——的聲響。」

「妳這人真是固執，我都說隔壁沒人住了。那個房間不知道哪裡漏水，壁紙發霉，重新換了壁紙也找不出原因，所以一直沒租出去。」

恩知耐心等待囉唆的房東說完後，語帶強硬地說：「請再確認一下。那裡總是發出撞擊聲。」

房東一臉不耐煩地翻了翻抽屜，找出鑰匙。就在房東起身時，電話響了，他讓恩知稍等，接起了電話。但電話越講越久，房東把鑰匙塞給恩知，擺了擺手。恩知拿著鑰匙一個人來到三〇四號房門口，愣了半天才把鑰匙插進鑰匙孔。恩知有種奇怪的感覺，扭轉鑰匙時沒有發出「咔嗒」的聲音。但恩知沒有在意，還是打開了房門。

門一開，一片黑暗映入眼簾。那黑暗不是沒開燈的漆黑，而是能把走廊的光亮全部吸走的黑暗，門檻的另一頭是伸手不見五指、徹底的黑暗。瞬間，某種來歷不明的生命體會從黑暗中現身的恐懼感包圍了恩知。為什麼此時會想到戴著黑色假面的鳥呢？恩知慌張地關上了房門。不知何時房東出現了，他推開恩知，打開房門，看到了滿牆的黴菌。

雖然房東證明了隔壁是空房，但夜裡還是會傳來聲響。更嚴重的是自那之後，恩知只要想到那個房間，眼前就會浮現那天看到的黑暗。某天凌晨，恩知在聲響傳來前睜開了眼睛，她把耳朵貼在牆上，閉上眼睛。咚的一聲傳了過來。恩知腦海中浮現黑面琵鷺撞擊牆壁的畫面。

不知不覺，凌晨醒來變成了習慣，每次醒來就很難再入睡。如果不開燈就什麼也看不見，那是一個沒有光能照進來的地方。恩知下定決心，明天一定不要醒來。

但她慢慢意識到，絕對不會迎來「明天」了。

「不如吃點安眠藥吧？」咖啡廳的同事勸說。

睡眠不足的恩知出現了手抖症狀，耳鳴也越來越嚴重，有時甚至聽不清客人要點什麼。苦惱很久之後，恩知去看了醫生，開了處方藥。第一天一覺睡到天亮，但隔天又醒了。恩知不顧醫生警告，擅自加了藥量。

就在恩知擅自加藥的期間，大企業對非軍事區的投資也增加了。大企業之所以慷慨的提供經費，是因為他們深信那個洞就像耶穌誕生一樣，會成為人類歷史的一個標誌。包括地理學家和天文學家在內的所有學者也紛紛趕到現場，都希望找出進入洞的方法。

轉眼間，為觀光客而建的設施變成學者們的宿舍。繼連鎖店之後，又不斷湧現出一些代表世界各地美食的餐廳。不知從何時起，韓國最北端的地區變得比首爾梨泰院更具異國特色，人們會為了品嘗異國美食專門來到鐵原。雖然也有客人光顧恩知父母的餐廳，但與其他餐廳相比，實在少得可憐。

商圈活躍起來後，店租也隨之上漲。媽媽打給恩知時總是咳聲嘆氣、抱怨連連。恩知很不想聽那些抱怨，但想到身為子女應盡的本分，只好戴上耳機聽電話。恩知覺得媽媽的抱怨就像無聲的壓迫，暗示她不要跟家裡伸手要錢。

掛斷電話前，媽媽才低聲問了句：「妳還好嗎？」

恩知回說沒事時，感覺隔壁可以聽到她們的對話。

為了離開考試院，恩知努力念書。在服用安眠藥也被驚醒的凌晨，恩知會選擇放棄睡眠，坐在書桌前。就這樣，成績很快就變好了。獲得獎學金後，打工賺的錢也能存下來。但這筆錢就只是存摺的過客。家裡的店因拖欠房租，媽媽向恩知求助，恩知只好改變計畫，繼續住在考試院。

就這樣，恩知在考試院又住了兩年。

儘管每學期都能領到獎學金，但家境並沒有好轉，存款也一點一點地見底了。每到凌晨還是會聽到「咚」的聲響，但恩知已經習以為常。她覺得身處這個沒有窗戶的三坪房間，渾身的感覺也變遲鈍了。這樣很好，彷彿壓力也變小了。問題只在於身體似乎不再是自己的了。恩知站在公用浴室的鏡子前，用手指用力往上推了推嘴角。觸感就像失去黏性的麵團，推上去的嘴角僵在那裡，一直下不來。恩知眨了眨眼，幸好幻覺消失了。

有很長一段時間，考試院提供的免費泡菜成了恩知唯一的安慰。但自從看到有人用自己舔過的筷子直接去夾泡菜後，恩知就再也沒碰過泡菜。恩知坐在公用廚房，一邊看牆上的電視，一邊吃杯麵和三角飯糰。桌上放著遙控器，但沒人轉臺，畫面永遠固定在同一個頻道。吃著杯麵的恩知看到了首位進入洞口的太空人。

學者認為，洞是一個近似於宇宙的空間，也許是因時空扭曲，導致地球內部出現了壓縮的宇宙。雖然每天都有不同的假說推翻假說，但沒人知道真正的真相，於是這件事成了大家津津樂道的話題。重點是，首度有人進入了那個洞。太空人身負兩大任務：一是找出謎團的線索，二是找回幾年前失蹤的研究員遺體。看新聞看到入神的恩知錯過了吃杯麵的最佳時機，她吃著泡軟的麵，認真看著採訪。

記者問太空人：「您認為那個洞有盡頭嗎？」

「當然有。雖然我們無法抵達，但就像宇宙一樣，一定存在盡頭。」

人們發現任何機器只要進入洞口就會故障，於是用堅固的繩索取代無用的通訊設備，安裝在洞口邊以便幫助探測船升降。太空人的表情激動且悲壯，進入了與地面看起來並無差異的洞口。沒過多久，通訊就斷了。翌日，當拉起緊繃的繩索時，感覺船體慢慢被拉了上來。人們就像迎接新年一樣期盼太空人帶回震驚世人的未來。

遺憾的是，八個小時後什麼也沒有出現。用強化塑膠製作的繩索斷了，又增加了一名被稱為失蹤者的罹難者。

隔日，咖啡廳的紙杯套印上了黑面琵鷺，這是一個具有環保意義的活動，意在提醒大家珍視重新出現的黑面琵鷺。恩知把紙杯套套在一次性塑膠杯上遞給客人，大部分的客人連看也不看一眼，直接拿走了咖啡。

同事對恩知說：「會不會是地球的錯誤呢？」

恩知不理解這句話的意思，愣愣地看著同事。同事正在用手機看昨天的新聞。

「神在創造地球時不小心失手，伺服器重疊或交錯在一起了。說不定黑洞就是這樣來的。宇宙近似於混亂，所以經常出現黑洞，地球也有這種可能吧。就像黑洞一樣來歷不明，以稍微特別的形態……」

「鳥……」

「嗯？」

「有鳥，那裡有鳥。」

「黑面琵鷺也算一種錯誤啊，不然怎麼可能幾千隻鳥一下子突然從那裡飛出來？失蹤的人也可能去了另一個錯誤的地方。」

地球的錯誤。這句話在恩知腦海裡盤旋了一整天。

到底該不該讓人類進入那個洞？大家議論紛紛。有學者認為為了尋找真相，犧牲是不可避免的。人權組織則主張，任何人都不該為此失去生命，並且強調這不過是虛假的真相，大家只是為了尋找真相的欲望在冒生命危險。儘管如此，還是有很多人出於好奇或為了當英雄主動報名，自願加入的太空人只增不減。這些人簽下同意書，表示即使有去無返也無所謂。有人說這根本是自殺行為。但也有人認為，若能活著回來，無疑會成為人類的英雄。

四名自願前往的太空人不顧眾人反對先後進入了洞口，但沒有人成為英雄。不過其中一艘探測船返回了地面，駕駛那艘探測船的人來自美軍特殊部隊，是一名就算遇到熊也能生存下來、強悍無比的軍人。雖然探測船的船身生了鏽，但完好無損。人們歡呼雀躍地跑向探測船，整個地球村都沸騰了，但很快便在船內發現了白骨。

加盟國與非加盟國聚集於國際法院，針對這個問題激烈辯論。「為了人類的發展不該畏懼」的意見與「那你自己去吧」的立場展開了唇槍舌戰，最終，不該再有人犧牲的說法占了上風。國際法院也表態，「國家無法利用公權力派遣人力進入洞口」。

於是，美國某ＩＴ企業花費巨資要招募五名自願者。招募公告說，若參與者成功返回，不但提供就業機會，還保障終身福利。即使不幸犧牲，也會提供家屬三百萬美金作為補償。報名資格不限性別、國籍和學歷，只有滿二十歲以上、六十歲以下的年齡限制。也就是說，這是一場以全世界的人類為對象展開的生存遊戲。

國際法院傳喚了該企業的董事長，卻沒有制裁他的名分，因為這是他的個人行為，並不代表國家。更何況，他用自己的錢補償那些勇於追尋真相的人，有什麼問題嗎？招募活動沒有任何強迫，反而為那些沒有條件接近洞口的人提供了機會。很快地，報名的人舉著反對剝奪公平權利的牌子，聚集在國際法院門口。公審沒有持續多久，法院便舉了白旗。

「還是我去報名看看？」咖啡廳的同事對恩知說。

恩知透過同事得知了這件事。電視節目裡的記者咋舌道：「現在的年輕人不知世間險惡，都去報名參加那個生存遊戲了。」

「與其這樣活著，還不如賭一回呢。妳不覺得這個挑戰很不錯嗎？」

恩知沒有回答。可能是前一天吃了太多安眠藥，到現在還覺得精神恍惚，直到晚上藥效退去後，恩知才思考起同事的話，仔細看了招募活動的報導。

三百萬美金是多少韓元呢？恩知上網換算了一下，嚇得捂住了嘴巴。就算自己現在死了也拿不到這麼一大筆錢。可能這輩子也賺不到這麼多錢吧。如果能活著回來，還可以到那個國際知名企業上班。恩知吃著便利商店當日準備報廢的麵包和牛奶，仔細讀了一遍報名條件。但要是回不來，給多少錢也沒用吧……

「咚！」再次傳來時，恩知不禁覺得待在這裡也等於沒有出口。去挑戰看看的話，說不定還能扭轉人生。誰知道呢，說不定我能爭取到機會。

當晚，恩知填寫了申請表。申請需要家屬同意，恩知模仿父母的筆跡在上面簽了字。她喃喃自語：「沒事的，沒事的。反正申請也不表示能通過。」

恩知被自己講的話嚇了一跳，猛地抬起頭。燈管閃了幾下後突然熄滅了，整個房間一片漆黑。恩知伸手摸向床鋪，尋找床上的手機。當她走了五步後，突然意識到哪裡不對勁——這個房間最多只能邁三步而已啊！恩知愣在原地，但眼前什麼也看不見，周圍的事物似乎失去了界線。恩知感到頭暈目眩，癱坐在地，嘔吐了起來。

幾天後，恩知才把這件事告訴父母，因為公司按照申請表上的聯絡方式聯絡了她的父母。恩知對媽媽說：「報名的人那麼多，不可能選中我。而且聽說日後就業，寫上這件事還能加分呢。」

恩知說了謊。她從未聽過這種傳聞，反正父母也無從確認是否屬實。起初還面露難色的父母在聽到「就業」二字後，也欣然表示同意。

「嗯，聽說最近找工作的新鮮人資歷都差不多，能多填一項也好。」

咖啡廳的同事沒有報名。同事說填寫表格時，感覺很像要去自殺。

文件審核結束後，接下來是第二輪篩選，地點就在洞所在的韓國。收到文件合格通知的訊息時，恩知還以為是新型電話詐騙，但訊息上沒有提到匯款，但恩知又懷疑起會不會是買賣人口。因為通過第二輪篩選的人必須參加集訓，恩知會這樣懷疑也很合理。

恩知突然感到一陣哀傷，面對從天而降的機會，自己非但沒有很開心，反倒先起了疑心。為什麼會這樣呢？這是用性命作抵押換來的機會，我怎麼還在擔心上當受騙？恩知不禁覺得，擔心也是窮苦的一部分，於是放棄了擔心。

新聞說第一輪的報名人數為一萬人，第二輪僅有三千人。向全世界開放的生存遊戲，報名人數卻少得可憐。董事長表示正中了自己的預測：「我就知道會這樣。即使獎金再豐厚，但人們比起當參與者，還是更喜歡當觀眾。」

為了參與第二輪篩選，恩知必須前往指定地點集訓。當晚她打給店長辭去了工作，並請店長保密不要告訴其他人。

第二輪篩選只需接受深度訪談和幾項測試。測試並非高強度的體力測試，而是著重於意志力的檢測，其中之一就是把參與者關在黑暗無光的密室，看大家可以撐多久。恩知對此信心十足，畢竟自己在考試院住了那麼多年。

很多參與者都在深度訪談後被淘汰了。面對考官冷酷無情的語氣，很多人產生動搖，有的人哭著走出房間，也有哀嘆考官精神不正常的人。篩選後的三千人在集訓時，兩個人住一個房間，與恩知同住的女生在接受深度訪談後，主動放棄了挑戰。同住的幾天裡，她們沒有講過一句話，女生整理好行李走出房間時，開口問恩知：

「妳也覺得這是機會嗎？」

恩知默默看著那個女生。

「希望妳早點清醒。這不是機會。我也以為這是出口，結果發現就只是另一個隧道。」女生說完，提著印有黑面琵鷺的環保袋走出了房間。

考官的話語就像關在密封容器裡嗡嗡作響，聽起來既不會受到打擊，也沒有現實感。迴盪在恩知腦海裡的，只有那個女生說的「隧道」一詞。眼前浮現了無法飛越高山、只能飛進隧道的鳥。牠們之所以無法飛越高山，是為了躲避盜獵者。全身長著雪白羽毛的鳥飛進黑暗的隧道，為了不被迎面駛來的火車發現，戴上了黑色的假面。恩知栩栩如生地想像著那隻鳥朝自己飛來。就在鳥的扁嘴快要碰觸到額頭時，恩知清醒了過來。考官正在等她作答。恩知不記得前幾題回答了什麼，訪談已經進入尾聲。

「因為獎金很多才報名的。」

「如果不能活著回來，那麼多錢也沒用啊。」

「反正像現在這樣活著也不會有那麼多錢。」

「妳不會後悔？」

「嗯，不確定，但至少現在不會。」

「妳有在服藥嗎？」

「……沒有。」

恩知沒有說謊。考量到會檢查行李，恩知沒有帶藥來。但來到這裡後，她每天都睡得很沉。恩知覺得是房間的問題，畢竟現在住的房間有窗戶，而且至少可以走上十步。集訓期間，恩知躺在床上反覆做著深呼吸，曾以為消失的活著的感覺又回來了。但這種感覺沒能持續很久，因為她很清楚離開這裡，就意味著要回到那裡。

恩知堅持了很久，而且堅持得很好。民間甚至有人針對參與者的最終獲勝機率下起賭注，恩知也有了身價。為恩知加油的人查到她的ＳＮＳ，追蹤人數就像偶像團體一樣開始翻倍增長。恩知並不覺得開心，因為她知道進入洞口的瞬間，人氣就會隨之消失。世間的關心就如同煙火。

不到一個月，參與者就從三千人降到一千人，最後只剩不到五百人。雖然有很多人是被淘汰的，但也有人主動放棄。有的人是基於好玩才報名，玩夠後就放棄了。也有真心挑戰的人感覺到自己一天一天在逼近死亡，最後還是選擇活下去。總而言之，是「想要活下去」的欲望讓這些人主動放棄了。

在另一場深度訪談中，考官問：「妳不想離開這裡嗎？」

恩知覺得這個問題等於是在問：「妳不想活下去嗎？」活下去意味著什麼呢？至今為止，她有哪一天想過要活下去呢？難道自己不是因為活著而活著嗎？恩知對活下去的欲望感到陌生，她不知道活下去意味著什麼。如果那意味著回到那個沒有窗戶的房間，那她覺得，不想再「那樣」活下去了。

父母問恩知什麼時候回來，恩知三言兩語地敷衍了過去。那天晚上，恩知回想著對父母說的謊話。他們真的那麼好騙？真的相信可以平安回來？難道面對越來越高的奪冠機率，他們沒有激動的睡不著覺？

恩知沒有放棄。越是接近奪冠，越是產生一種奇妙的自信，她莫名覺得自己可以活著回來。這種自信讓恩知成為最終的五名參與者之一。人們希望人類失去的一切可以像黑面琵鷺一樣從洞口飛出，但直到恩知進入洞口前，什麼也沒有出現。

恩知既不覺得緊張，也沒有很開心，更沒有後悔與釋懷。五名參與者將依次每天輪流進入洞口。五個人的年齡和國籍各不相同，但有一個唯一的共通點——相似的表情。有人對選拔的公正性提出質疑，認為是因為洞在韓國才選了恩知。但當五個人聚集在一起，看到他們驚人相似的表情時，這種質疑便蕩然無存了。

沒過多久，五個人中又有一個人放棄了。

恩知沒有改變決定。

改變決定需要理由，她沒有想到任何理由。恩知擁有的就只有黑暗的三坪小房間、店租和毫無希望的未來。

韓半島最北端聚集了來自世界各地的遊客，此情此景不禁讓人聯想到看奧運比賽的觀眾。

在抽籤決定順序前，恩知打電話給父母。父母沉默半天後，開口問道：「獎金是三萬還是三十萬？」

恩知回答：「三百萬美金。」

父母又沉默半天後，才說了一句：「原來如此。」然後猶豫不決、支支吾吾地老半天，才吐出一句「爸媽愛妳」，掛斷了電話。

恩知心想，如果父母在電話裡哭的話，自己會放棄挑戰嗎？答案是否定的。她覺得父母沒有為自己做過什麼，也不會為自己做什麼。

恩知抽到了序號一。

真是萬幸。如果親眼看到前面的人去而不返，說不定自己就會放棄。

恩知搭乘的探測船與考試院的房間大小相似。工作人員為恩知講解了氧氣箱和緊急出口等事宜，但恩知一個字也沒聽進去。她感到腸胃翻滾，想起了之前服用過量的安眠藥，蜷縮躺在床上。

出發前，記者問恩知有什麼話想說。面對幾百臺的攝影機，恩知才稍稍後悔沒有請父母過來。恩知皺了一下眉頭，嚥下悲傷，對著收看直播的全世界觀眾說道：

「我不想……」

恩知戴上注入氧氣的黑色面罩，遮著鼻子和嘴巴坐進探測船。接下來，她就要進入神未曾檢驗過的地下世界了。

恩知進入洞口後，她的話被翻譯成各國語言播了出去。有的國家翻譯成「我不想回去」，有的國家翻譯成「我不想去」。人們眾說紛紜，針對恩知到底說了什麼爭執不下。但因為恩知發音不清，沒有人能正確解讀她的話，況且現在恩知也不在了。

進入洞口的四名參與者都沒有回來。幾天後，那個洞消失不見，又變成了平地。未能解開的謎團令很多人感到遺憾，但遺憾也只是暫時的。一位地理學家在美國的電視節目上說：「不知何時，這個洞還會出現。」一人們聽後陷入了恐慌，開始害怕起地面，不敢走在路上，還有很多人說要返回大海。

人們拒絕外出，改在家裡辦公，甚至開始建設起遠離地面的天空之城。最先居住在天空之城的人都是富豪，恩知的父母把三百萬美金全部投資在了天空之城。

就在人類遠離地面，升上天空之時……

恩知沒有死，

而是朝下，

緩慢地下降著。

無法肯定她是在下降還是前行，但緩速移動的船艙十分安靜、舒適。恩知睡了醒，醒了又睡。其他人都跟上來了嗎？但回頭看到的只有伸手不見五指的黑暗。

隨著時間流逝，船體內置的設備一個一個的故障了，最後壞掉的是電池手錶。現在連時間也無法確認了。

戴著黑色面罩的恩知聽見翅膀拍打的聲音，她睜開眼睛，看見一隻黑面琵鷺飛了過去。恩知沒有判斷是否出現了幻覺，她覺得沒有這個必要。就在她心想「沒有空氣，鳥要怎麼飛」的瞬間，鳥的黑色假面映入了眼簾。難道那不是黑面琵鷺原有的黑色嘴巴，而是為了注入氧氣的黑色假面？恩知呆呆望著越飛越遠的鳥。往那邊飛就能找到出口嗎？牠是從哪裡來，又要去何方呢？

瞬間，四周發出轟隆巨響，探測船靜止了下來。恩知深呼吸，按下逃生按鈕，位於下方的艙門開了。

恩知戴著黑色面罩走出船艙，腳下是踏實的地面。恩知感到胃腸翻滾，趕快摘下面罩吐了起來。摘下面罩後，竟然還可以呼吸。

恩知不知道自己身在何處，也不確定自己是否真的進入了那個洞。她一邊摸索著移動腳步，起初還擔心走遠會找不到探測船，但馬上意識到這種擔憂毫無意義。

大步向前走了幾步後，恩知發現了一扇門。難道是神創造的簡陋出口嗎？恩知摸了摸手把，觸感與考試院的房門手把一樣。恩知的呼吸加速，在門前站了很久。我來這裡多久了？打開這扇門走出去的話，會通往哪裡呢？回去以後，我就可以成為世界知名ＩＴ企業的員工嗎？但什麼也無法肯定。

比起時間已經過了很久的恐懼感，恩知更害怕的是什麼也沒有改變。
恩知在原地站了很久，始終沒有去開那扇門。

最後一次兜風

汽車行駛在寂靜的林間小路上，清晨的陽光劃過道路兩側茂密、好似高樓的水杉樹照射下來。黎明破曉時，似乎下了一陣細雨，泥土和野花都濕漉漉的。得益於此，此時的天空晴空萬里。汽車正以每小時五十八公里的速度緩行。坐在副駕駛座的迪利打開車窗，探頭望向天空，幾綹頭髮隨著徐徐微風擺動。德里笑著打開收音機，隨即傳出查特・貝克（Chet Baker）的〈Blue Room〉。

聽到熟悉的旋律，迪利下意識地跟著哼唱起來。是什麼時候聽過這首歌呢？迪利回想了一下，但腦子一片空白。他馬上放棄回想，反正現在去想何時聽過這首歌一點也不重要，不想把時間浪費在這裡，忘記感受當下的幸福。迪利一臉幸福的笑著。後座放有郊遊所需的紅格子野餐墊和遮陽帳篷，以及能簡單填飽肚子的點心。

汽車以固定時速朝目的地行駛而去，眼看就要抵達目的地了。「某種」既視感一閃而過，迪利沒有認真思考原因，因為此時最重要的是享受當下。就在這時，前方傳來刺耳的喇叭聲，只見一輛大貨車正快速迎面駛來。也許是煞車失靈，司機一臉驚慌地狂按喇叭，隨即傳來迪利的尖叫聲。道路兩側的水杉樹好似高牆，阻斷了所有去路，駕駛人緊握迪利的手，一把摟住迪利的肩膀，把迪利的頭埋進自己懷裡。感測到撞擊的傳感器迅速打開安全氣囊，下一個瞬間，汽車與時速八十四公里的大貨車正面相撞。

♡

螢幕變黑後，工作室的燈亮起。守在現場的工程師立刻朝前桿撞碎的汽車跑去。韓娜在擺放了數十臺顯示器的觀測室內，仔細查看顯示器上的撞擊測試結果。雖然傳感器接收到頭蓋骨、左側肩骨、鎖骨和盆骨等二十三處的撞擊，但除了肩骨脫臼，就只觀測到了輕微的擦傷。與首次的撞擊測試相比，這次的進展可說是突飛猛進。韓娜指示研究員把撞擊過程和結果輸入虛擬撞擊程式後，走出觀測室。

工程師正忙著從損壞的車體內抬出德米和迪利。只有掀開像紙一樣被撞縐的車身取出德米和迪利，才能準確檢查皮膚受到的傷害。韓娜在距離汽車幾步之遙處停了下來，看到抬出的德米和迪利緊緊握著手。

韓娜開始擔心起來，因為她答應德米在進行最後一次撞擊測試前，會留一天時間讓它和迪利約會。只有言而無信的人類會把韓娜的承諾當成「有空一起吃飯啊」的客套話，機器人不會。韓娜才剛答應便後悔了，但她的承諾已經儲存進機器人的記憶裝置，若不進入系統刪除，可能連一個助詞都不會改變。當然，如果韓娜想的話，也不是一件難事，只要重新輸入幾個詞就可以徹底刪除承諾。但她不想這樣做，因為德米的心願就只是與迪利共度一天而已，而且是與不啟動系統就不會說話、也不會動一絲一毫的迪利，度過「平安的一天」。這有什麼難的呢？

德米是唯一的「假人（dummy）」。隨著汽車的虛擬撞擊測試商業化，曾廣泛使用的測試假人相繼停產。也就是說，先進的技術奪走了測試假人的用途、職場和存在本身。但在今年初，測試假人又坐回了駕駛座。有別於之前的測試假人，德米裝載了人工智慧。更嚴格地說，這臺唯一的第六代多功能德米之所以誕生，是為了讓它愛上坐在副駕駛座的「迪利」。

之所以重新使用測試假人，起因於一場去年聖誕節的嚴重車禍。由於氣候異常，入冬以來一直沒落下的雪，在聖誕節當天像禮物一樣地下了整天。問題在於那不是浪漫的鵝毛大雪，而是如米粒般的雨夾雪。下午降溫後，整個路面都結冰了。當局提醒市民，由於路面結冰，即使啟動自動駕駛程式，也要抓緊方向盤。所有人都認為即使是在結冰的路面上發生交通事故，也不至於出現死亡者。因為近五年來，每年的交通事故都不超過四十起，死亡率也只有百分之一點四。

現在已經有四成的人會搭乘自動駕駛車輛。自動駕駛車輛除了裝有自動駕駛程式，還附帶事故預警系統，能感知撞擊的可能性，當機率達到百分之七十時，系統便會根據撞擊方向和衝擊數值，在發生撞擊的瞬間打開安全氣囊。開發人員將過去二十年間發生的事故原因，以及在預測範圍內可能發生事故的虛擬情況輸入資料庫，大幅減少了事故死亡人數。可以說是迎來了史上最安全的道路時代。

這一切卻在去年的聖誕節毀於一旦。時速六十公里的汽車與迎面而來的貨車正面相撞。感知到撞擊可能性的汽車打開了安全氣囊，駕駛人卻當場身亡。掀開撞爛的車身後，發現駕駛人把身體轉向了副駕駛座，抱住坐在副駕駛座的人。雖然安全氣囊及時打開，卻未能保護到側身的駕駛人。駕駛人因頭部撞擊車頂與擋風玻璃而身亡。車內的兩個人十指緊扣。

汽車的開發日趨完美，但沒有預測到一件事——開車的人與搭車的人的關係。

科學技術部立刻針對百分之一點四的死亡者展開調查，那些預想之外的關係和更深厚的感情，都是被忽視的部分，但結果並不令人驚訝。情感有時會引發戰爭，有時也會促使人類挑戰不可能。情感並不會決定出正確的方向，但也有機會帶領我們走向未來。也就是說，我們再次迎來了技術領先於感情的時刻。

就這樣，「關係預測撞擊測試」在今年初喚醒了德米。人們在測試假人上添加了「偽造的感情」，讓德米愛上一個名叫「迪利」的測試假人。遺憾的是，德米心愛的迪利只存在於偽造的記憶中。每次它們都會在相同的地點兜風，在特定的時間遭遇事故。每當這時，德米就會為了保護迪利側身抱住它。當汽車像紙一樣被撞得縐在一起、測試結束後，道路兩側的水杉樹、陽光和微風就會消失，只剩下四方形的水泥牆。關掉電源後，愛著迪利的德米的角色也會消失。但在韓娜眼中，即使測試結束，德米也在愛著迪利，所以她才會答應德米的荒唐要求——與迪利約會一天。

韓娜是技術研究院負責安全技術測試的研究員，是她想出了讓德米愛上迪利的主意。即使無法用「愛」單純地統一所有情感關係，她還是覺得似乎唯有愛可以融合所有的感情。

研究院規劃了一百五十次的撞擊測試，今天進行的是第一百四十九次。德米至今以不同姿勢保護了迪利一百四十九次，無論是正面相撞、偏位撞擊、側面撞擊、後方撞擊和撞上建築物，德米都會拚命保護迪利，從沒有為求自保而扭轉方向盤。德米會在撞擊的瞬間握住迪利的手，側過身去。無論是脊椎受傷、頭蓋骨破裂、骨盆變形或肩膀脫臼，德米都緊緊抱住迪利。工作人員記錄並測量了德米為保護迪利而做的所有動作，希望以此為基礎，在未來創造出死亡率達到零的奇蹟。

肩膀脫臼的德米躺在冰冷的鐵桌上。韓娜靠近時，一直凝視天花板白色燈管的德米轉過頭來。按照以往的經驗，韓娜知道德米會先問迪利的狀態，於是搶先開口道：

「迪利沒事。雖然有點小傷，但很快就會修好的。」

可是，德米問了一個意想不到的問題。

「今天是第一百四十九次測試吧？」

韓娜立刻明白了問題的含意。德米這次也投來等待韓娜開口的眼神，但事實上，沒有人知道德米真正的用意，這不過是韓娜認為「德米希望自己開口」罷了。

「你想去哪裡約會？」

韓娜遲疑了一下，最後決定面對這件事。德米正要開口，看到工程師走來，立刻閉上了嘴。韓娜跟工程師說了幾句話。因為是第一百四十九次測試，所以德米也能預測到即將發生的狀況。

為了幫德米更換輾碎的手臂，工程師用刀切開焊接部位的人造皮膚。雖然不會流血，但人造皮膚的質感與人皮一模一樣。站在一旁的韓娜下意識地皺起了眉頭。

「修理需要多久？」韓娜問道。

工程師看了看德米的狀態，回答：「三十分鐘左右。」

這次比之前花的時間更長。韓娜反問了一句，工程師解釋是因為要連結肩胛骨的人造神經，所以得花比之前更久的時間。韓娜並沒有要催促的意思，趕快補充道：

「沒關係，三十分鐘也沒有很久啦。」

工程師摘去德米的人工皮肉時，韓娜不忍再看，轉移了視線。明知德米的皮肉都是假的，但還是很不舒服。德米的表情卻十分平靜。德米和其他機器人一樣，不需要細膩的表情變化，也不具備智慧手機設定的溫柔、親切的聲音。德米就只是一個誤以為自己墜入愛河的機器人。

故意將德米設計成不自然的機器人的也是韓娜。德米不需要融入人群，與人類建立任何關係，它只需要不斷參與測試，所以除了外型和皮膚，其他部位都不需要太像人類。有時韓娜會為自己的決定感到後悔，尤其是像現在，德米不眨眼的回答問題時。

「你想去哪裡？」

「常和迪利一起去的地方。」

韓娜露出為難的表情。德米說的「常去的地方」正是那條虛擬的林間小路，在地球上根本找不到一模一樣的地方，至少在允許的活動範圍內找不到那樣的林間小路。

工程師把切開的人造皮膚翻了過來，內裡就像果凍那樣柔軟有彈性。

「那裡不行。這裡是城市，去那種地方要走很遠的路。」

韓娜無法理解自己為什麼要向德米解釋這種事。工程師也一頭霧水地瞥了一眼韓娜。只有德米不覺得尷尬。

「我沒有關於城市的資料。博士，請提供資料。」

韓娜答應了德米。

迪利被送到了對面的鐵桌上。德米自然而然地轉過頭看向迪利。

德米是為了愛上迪利而設計的機器人，就像神決定了人類的命運，德米再怎麼努力也無法改變這種預設值。所以迪利無需擁有魅力，當然也沒有具備魅力的理由，因為它不用付出任何努力討好對方。迪利一百六十公分、六十公斤，擁有第一代多功能機器人的外型。也就是說，迪利只有眼睛、鼻子和嘴。有別於德米凸起的「眼球」，迪利的眼睛就是貼紙，它既不能發聲，也聽不到任何聲音。根據交通事故的統計結果，多半的事故源於駕駛人，坐在副駕駛座的人在事故當下不會採取任何行動，因此選擇了這樣的迪利參與測試。

迪利無需像德米一樣移動，它只要在撞擊測試的過程中，在德米的虛擬世界裡就可以了。即使如此，德米還是愛上了迪利，並為保護迪利犧牲了自己一百四十九次。

♡

韓娜把城市的資料傳給德米。畢竟是「約會」，所以她還挑了幾個約會地點。韓娜也不知道為什麼會為德米做這一切，難道是覺得對不起德米？自己讓德米愛上了迪利，卻一直讓它感受絕望？但這句話有語病。韓娜要是愧疚，也是因為德米在反覆的事故中感受到絕望，然而德米並沒有感到絕望。既然如此，韓娜所做的一切只是為了安慰自己，為自己的行為辯解。想到最後一次測試結束後就要報廢德米，韓娜很難過。她是為了難過的自己才做了這一切。

下午，韓娜來到德米和迪利的房間。研究院的員工把這個房間稱為新房。也許明天或幾天後，德米和迪利又要參與殘酷的撞擊測試，怎麼能把這樣的它們視為新婚夫妻呢？韓娜總是對此感到愧疚。

德米和迪利坐在沙發上。起初房間裡空蕩蕩的什麼也沒有，大家看到它們整夜呆呆地站在房間裡，於是放了一個沙發。但這樣做不是為了讓德米和迪利舒服地坐下來，而是為了讓看到它們的人類心裡舒服一些。就這樣，擺了一個沙發的房間營造出奇妙的氛圍，接著自然而然地出現了桌子，桌子上又擺了一臺壞掉的電視。還有人調皮地在牆上掛了一個相框，送了一個花盆。不知不覺，房間就布置得跟新房一樣了。

德米轉頭看向韓娜。迪利的頭靠在德米的肩膀上。

「我正在看妳傳送的資料。好多啊，但感覺都差不多。」

其他人得知韓娜答應德米給它一天時間去約會，都笑了出來，而且也覺得沒這個必要。看到大家的反應比想像中激烈，韓娜有些慌張，但沒過多久便出現支持韓娜的人。這樣做有什麼問題嗎？我也覺得它們很可憐。對機器人的憐憫之情立刻擴散開來。有人自嘲地說，人類就是會把感情浪費在沒必要的事情上。但也有人反駁，那又如何？有什麼問題嗎？人類就是靠這種感情進化的動物。

韓娜取來一把沒有靠背的塑膠椅放在德米面前，她放下捲起的灰褐色外套袖子。這個沒有窗戶的房間一年四季無論何時都涼颼颼的。

「決定好了嗎？」

韓娜覺得自己的問題很好笑。既然已經提供了情侶經常約會的路線，接下來就要由當事人做決定。

「主題公園、電影院和南山夜景。我看很多人會去主題公園和南山，所以選了這兩個地方。」

德米的話音剛落，韓娜便露出驚訝的表情，還以為它只會選一個地方。值得慶幸的是，德米沒有選餐廳。

德米觀察著韓娜的表情，「不行嗎？」

早上早點出門的話，去三個地方也不是不可能，更何況機器人也不會有體力不支的問題。

韓娜想像了一下走在首爾市區的德米。雖然答應德米給它一天時間約會，但韓娜或其他人應該會跟在後面。沒有人會在意走在街上的機器人，這樣做只是為了以防萬一。韓娜就像為了滿足人類臨死前的心願一樣說道：

「沒什麼不行的。」

「那太好了。」

這時，韓娜擔心起無法移動的迪利。迪利若要像德米一樣步行，就得更換下半身。

德米對此並不在意，「我來揹它就好。」

「不會太辛苦嗎？」話一出口，韓娜的臉立刻紅了。

「沒關係，我不會覺得辛苦。」

「嗯，我知道，我只是一時……」

「妳是在擔心我嗎？」

德米用假眼球看著韓娜。韓娜雖然很想否認，但誤以為德米會很辛苦，就等於是在擔心它，於是點了點頭。韓娜實在沒必要在德米面前感受到難為情和丟臉，她明知無需把人際關係套用在德米身上，但還是經常忘記。

「我有一個問題。」韓娜起身時，德米一把抓住了她。

「問題？」沒理解德米意思的韓娜反問了一句。之前從未有過這種情況，所以韓娜沒有馬上反應過來。

「查特．貝克的那首歌，我一直在聽的那首歌，是整首歌嗎？」

德米是在問撞擊測試時會播放的那首三十秒左右的歌曲。但韓娜還是沒有理解德米的意思。看到韓娜喃喃自語著：「查特．貝克？整首歌？」德米哼唱起儲存在記憶卡中的三十秒歌曲。歌曲沒有配樂，就只是查特．貝克的歌聲。這是一首以求婚歌而家喻戶曉的歌曲。德米的每個音都很準，而且一字不差。寂靜的房間裡響起了歌聲，但德米一動不動的眼睛和眉毛、毫無表情的臉不禁讓人感到有些格格不入。韓娜不知不覺地開始傾聽起德米淡淡的歌聲。

We’ll have a blue room
我們會有一個藍色的房間
A new room, for two room
為兩個人準備的新房間
Where every day’s a holiday
哪裡都是每一天的假日
Because you’re married to me

「接下來呢？」歌聲停止後，德米平靜地問道。

韓娜這才明白德米的意思。之所以沒有輸入整首歌，是因為在聽完整首歌前，它們就會遭遇事故。

「我幫你輸入整首歌。這首歌怎麼了嗎？」

韓娜以為德米會說想聽整首歌，但這次德米也給了出乎意料的回答。

「我想唱給它聽。」

「唱給迪利聽？」

「嗯，明天想唱整首歌給它聽。」

韓娜沒有回答，只是點了點頭。德米與迪利十指緊扣，看著沒有開的電視。不知為何，韓娜似乎沒有信心參加最後一次撞擊測試了。

♡

那天晚上，海利突然來訪。大概是直接從公司過來，海利穿著那件一直掛在衣櫃裡、綯巴巴的襯衫。

看到海利突然現身，韓娜有些不知所措。她原本打算晚飯簡單地喝杯啤酒、吃點下酒菜就上床睡覺。而且她趕報告趕到昨天，一直沒空打掃，家裡亂成一團。雖然已經認識了十多年，關係也從情侶變得更像親密的朋友，韓娜還是不想讓海利看到家裡亂七八糟的樣子。幸好剛結束聚餐的海利已經喝得瞳孔失焦，手裡還提著內容物不詳的黑塑膠袋。

韓娜先發制人地說：「家裡很髒喔。」

海利沒頭沒腦地反問：「很髒，我嗎？」

韓娜頓時覺得自己實在是杞人憂天。

海利先是朋友，後來變成了戀人。初識海利是在十五歲那年。在放暑假前一天轉學來的海利，還沒來得及認識新朋友就開始放暑假。韓娜漫不經心地望著海利心想，這人怎麼偏偏在這時候轉學啊？下學期開學，她能記住誰啊。

放學回家後，韓娜發現對面正在搬家，接著就看到海利走出電梯。兩人同時發出「啊！」的一聲。這就是兩人的第一次對話。

明明是好朋友，但韓娜也不記得怎麼就變成戀人了。有人提出交往嗎？好像也沒有。韓娜只記得那個轉捩點是兩人坐在公寓樓梯上親吻的瞬間，但不確定是交往後親吻，還是親吻過後才決定交往的了。兩個人穿著不同學校的制服，手裡拿著淋濕的雨傘。與其說是親吻，也不過是嘴唇碰嘴唇。

之後在晚自習結束的回家路上，兩個人會約在社區門口碰面。從門口走到家只需五分鐘，但兩個人會慢悠悠地晃上二十五分鐘，滔滔不絕地聊著學校發生的事。韓娜不記得當時具體都聊了什麼，只記得盤旋在路燈下的飛蟲，警衛巡邏時鑰匙串發出的噹啷聲，以及地下停車場入口的車燈。除此之外，還有盛夏浸濕的腋下和胯下，以及寒冬假裝怕冷，為了取暖牽起對方的手……

海利手裡提著的是在地鐵站前買的甜醬炸雞塊。海利把塑膠袋遞給韓娜，逕直走進了廁所。看到塑膠袋裡的東西，剛才還說刷完牙、沒胃口的韓娜立刻在餐桌上擺了兩副筷子，找出每次海利來家裡穿的睡衣。

海利在食品公司上班。公司沒有實體店，只透過網站販售商品。韓娜覺得口味挑剔又挑食的海利進入食品公司的開發部本身就是一個錯誤的選擇，但有別於韓娜的擔憂，海利適應得很好，而且每次開發的新產品銷量也很不錯。上次海利提到晉升名單中包括自己，看來今天公司聚餐正是為了慶祝這件事。要不然她也不會聚餐結束後不回家，跑到這裡來。海利還跟父母住在一起，韓娜四年前因為工作關係搬出來了。兩人都覺得同居還是以後要結婚再說，韓娜家自然而然的成了海利的家。每次有好事發生，兩個人都會坐在餐桌前一起慶祝。

果不其然，海利剛入座就提起晉升的事。

「雖然沒有正式公布，但已經確定了。」

「沒有最後取消的可能？」

面對韓娜消極的態度，海利毫不在意，點了點頭。韓娜不是要故意掃興，但海利總是太過自信，出於擔心才多嘴了一句。海利斬釘截鐵地說，這次已經確定了，人力資源部的人也這麼說。海利的雙頰漸漸恢復了原有的顏色。難道是酒醒了？海利目不轉睛地盯著韓娜，只有在有需要的時候，她才會投來這種懇切的眼神。

「妳想要什麼？」韓娜的話音剛落，海利就捧住她的臉親了下去。炸雞塊一口都沒動，丟在了餐桌上。

情侶相處久了，難免會發現對方討人厭的地方，也會心生厭倦。但對韓娜而言，海利不屬於這種對象。有時韓娜也覺得很神奇。也許是因為從一開始就沒有期待——韓娜從沒期待過和海利談一場浪漫的戀愛，因此也沒對海利失望過，或是對彼此的關係感到倦怠。

但換個角度看，這也是因為海利是一個懂得拿捏分寸的人。縱使沒有熱情似火，但也不到冷若冰霜。有人會覺得和這樣的海利交往很無聊，但韓娜一點也不覺得。韓娜也是那種不好意思把「今天是我們交往的第一天」這種話說出口的人。她常覺得自己與海利的關係，就和德米與迪利。

韓娜和海利在單人床上翻來覆去了半天，最後才像拼圖一樣找到了舒適的姿勢。一場激戰過後，睡意席捲了韓娜，海利卻想繼續聊天。韓娜枕著海利伸直的左臂，左手與海利的右手十指緊扣。為了不讓韓娜睡著，海利用拇指摩擦著韓娜的拇指。

「那兩個人怎麼樣了？」

海利總是把德米和迪利稱為「那兩個人」。韓娜始終難以適應這種稱呼。

「剩下最後一次測試了。明天會讓它們去『約會』。」

海利哈哈大笑。從計劃啟動德米開始，韓娜就把整個過程告訴了海利。不知不覺，海利就像在聽不認識的韓娜朋友的故事。所以她才會做出時而嚴肅、時而輕鬆的反應。韓娜向海利吐露，為了規劃明天的約會行程而預訂門票時，她煩惱了好久到底該選兩名成人還是一名，還是要問看看有沒有機器人的入場券。自己莫名地心煩意亂，不明白自己為什麼要煩惱這種事。默默聽完的海利就只是一臉好奇的追問是否真的買了兩張成人票。

「因為是按照座位售票，所以買了兩張。」

「什麼電影？」

面對意想不到的問題，韓娜確認了一下明細。因為是配合時間選的電影，所以韓娜也不記得片名。仔細一看，電影是驚悚片，是一部描述近未來的社會控制人類感情的電影。

「畢竟是第一次約會，還是照約會公式來比較好吧？」

海利看了一下上映中的電影，說：「約會當然就要看愛情片啊！」一邊選了一部愛情電影。海利偶爾會準備一些小驚喜，韓娜卻老是對此毫無反應。海利總說她太常接觸機器人，心也變得跟機器人一樣了。每次看到海利因自己的反應而沮喪，韓娜就會坦誠地說：

「不然妳想要怎樣的反應？妳說，我就做給妳看。」

聽到這種哭笑不得的話，海利反擊：「演技那麼差，說了有什麼用。」

這次也是一樣。韓娜毫無興致的看了看海利精心挑選的電影。一看就知道是兩個主角墜入愛河的情節。

「這種電影有趣嗎？」

「現在是為了讓它們覺得有趣嗎？」

「我的意思是……」

韓娜嘆了口氣，放棄辯解。無論說什麼，海利肯定會雞蛋裡挑骨頭。韓娜重新預訂了海利選的電影。

「像妳這種人，怎麼可能給德米愛呢？」

有一次，韓娜對看完電影、哭花臉的海利說：「感受所有的情緒不覺得很麻煩嗎？人類都太陶醉於自己的感情世界了。」

因此站在海利的立場來看，韓娜給德米輸入愛的感情，根本就是小孩子在扮家家酒。說得更直接一點，海利是想問韓娜理解什麼是愛嗎？但海利始終沒有問出口，因為連她自己也不知道答案。

聽到海利挖苦自己，韓娜猛地坐起身。海利以為會吃上一拳，本能性的用雙臂擋在胸前。但韓娜就只是愣愣坐在床上看著海利。

「妳這樣講，好像它們是人類一樣。」

「有什麼問題嗎？」

「沒有，只是覺得妳說『給德米愛』，很奇怪。」

「雖然不能成為真正的人類，但它至少可以真正地愛一次。」

「妳覺得那是愛？」

「怎麼能說那不是愛呢？」

韓娜思索了一下。雖然不知道那是不是愛，但也想不出否定的理由。韓娜蜷縮著身子，往前一頭栽在床上，嘆了口氣。

「突然覺得好難過，覺得我好殘忍。」

「韓娜，沒關係的。」海利撫摸著韓娜的背，「不用現在才覺得痛苦啦，妳一直都很冷血啊。」

韓娜感到惱羞成怒，但又無法反駁。

「這是那孩子的宿命，一切都是注定的，就當作是機器人的生辰八字注定了這種命運吧。」

「最好是……機器人哪來的生辰八字。」

「那是誰給機器人愛的？」

保持同樣姿勢的韓娜呵呵笑了起來。

海利接著說：「因為是人類，才能做這種事。」海利撫摸韓娜的手停了下來，然後用手指在背部輕輕點了兩下。

韓娜知道這手勢代表海利有話想說，於是默默地等待。雖然難以區分是喜歡海利，還是喜歡與海利相處時的氣氛，但可以肯定的是，自己很喜歡和海利在一起的平靜。一個月只去一次公司的海利在韓娜家過夜的隔天，一定會準備早餐。海利會根據韓娜所需的營養，像使用調味料一樣在早餐中加入各種營養粉。韓娜沒有吃早餐的習慣，但又拗不過海利的固執。想到明天一早的早餐，韓娜又笑了出來。

海利的手指停在半空，對韓娜說：「現在妳時間上充裕了，我在經濟上也充裕了。」

「嗯。」

「我的意思是，韓娜，不如我們蓋章一起生活吧？」

就像在聽德米說話一樣，韓娜沒能馬上理解海利的話，愣在那裡。直到海利的話滲入心臟後，韓娜條件反射似的直起上半身。由於動作過大，身體突然失衡，險些從床上掉下去。幸好海利一把抓住了她。韓娜還需要一些時間來整理海利的話。海利看著不停眨眼的韓娜，強忍笑意問道：

「感覺很不一樣喔？」

韓娜立刻點了點頭。就像從前一樣，親吻也無需定義關係，自然而然地在一起不就可以了嗎？韓娜不理解海利的用意。她是要同居，還是建立合法的關係呢？這突如其來的問題讓韓娜手足無措。但海利不是說說而已，她不只帶來了炸雞塊，還從外套口袋取出一個小盒子和一張寫有「伴侶關係證明書」的紙。看到紙上這幾個字，韓娜才終於理解海利的意思，笑了出來。海利催促韓娜不要光顧著笑，趕快回答時，韓娜仍在捧腹大笑。

♡

第二天，德米揹著迪利走在首爾的大街上。天氣並沒有像模擬測試中晴空萬里，空氣汙染濃度高達六十，處在嚴重汙染等級，但對德米和迪利而言不是什麼大問題。德米的步速適中，沒有因限時而感到焦慮。路人的視線落在揹著迪利的德米身上，但很多人就只是毫不在意地經過它們。

德米走到主題公園門前時停了下來，入口處燈光閃爍，十分華麗。不知為何，面前高大、華麗的機器好像不歡迎自己。德米組合著無法解釋的奇怪字句，艱難地移動著步子。

由於雲霄飛車和大怒神等速度極快的遊樂設施會對機器人的身體造成傷害，所以韓娜叮囑德米只能玩旋轉木馬或熱氣球。德米上了熱氣球，讓迪利坐在椅子上。但迪利的身材太矮小，坐下後整張臉都被欄杆擋住了，於是德米又揹著迪利站了起來。熱氣球沿著天花板上的軌道緩慢地在室內遊樂區轉了一圈。德米拉著裝在熱氣球上的繩索側身俯視下方，輕聲對迪利說了句：

「下面在閃閃發光耶。」

德米扶正迪利歪向一邊的頭，讓它的下巴架在自己的肩膀上。在熱氣球沿著天花板的軌道轉一圈的期間，德米一動也沒動。

玩旋轉木馬時，德米和迪利不得不分開坐。為了防止迪利掉下來，員工幫它緊緊繫好了安全帶。德米點頭向員工表示感謝，然後對迪利說：

「這樣就不會掉下來了。」

員工輪流看了看德米和迪利，臨走前也沒忘記祝它們玩得愉快。不知不覺，旋轉木馬四周聚集了很多孩子，但德米的視線一直停留在迪利身上，迪利也「看」著德米。兩匹馬一高一低的動了起來，德米升高時，迪利會下降；迪利升高時，德米會下降。德米朝迪利揮了揮手。雖然德米努力做出微笑的表情，僵住的面部神經卻難以如願以償。

檢票員確認過韓娜預訂的電影票後，環顧了一圈，最後視線又落回一直盯著自己的德米。

檢票員問：「還有其他人嗎？」

德米回答：「沒有。」

檢票員難掩驚慌失措的表情，立刻拿起對講機向經理報告說：「沒錯，是兩臺機器人要看電影。」

當他提到「兩臺」時，下意識地看了一眼德米，然後稍稍背過身子。德米靜靜等在原地，檢票員很顧及客人的感受，不停偷瞄著德米。

他放下對講機後問道：「沒問題嗎？」

德米沒有聽懂他的意思。「您是指什麼呢？」

檢票員結結巴巴地又問了一遍只有它們看電影沒問題嗎？德米無法徹底理解這句話的意思，但得出了可以作答的結論。

「當然，沒有問題。我們只是坐在椅子上看電影而已。」

檢票員終於露出和藹的笑容：「影廳位於左手邊，祝您觀影愉快。」剛剛驚慌失措的表情消失不見了，檢票員臉上又掛上專業的笑容。

德米找到座位坐了下來。與它們間隔兩個座位的地方坐著一對情侶。德米仔細觀察著他們，只見情侶抬起二人間的座椅扶手。德米也學他們的樣子抬起了扶手，失去重心的迪利傾斜靠在了德米身上。德米讓迪利把頭靠在椅背上，然後模仿情侶的樣子，握住迪利的手。一片漆黑的空間裡，只有大銀幕發出光亮。身處同個空間的人們跟隨電影裡的主角露出微笑，只有德米和迪利一動不動、面無表情地坐在椅子上。

若想看南山夜景，就要過漢江。根據韓娜提供的地圖顯示，只要在電影院前面搭公車就可以了。德米揹著迪利站在公車站，無人駕駛公車抵達後打開了車門，但德米沒有上車，而是愣愣地站在原地。公車開走後，德米計算出徒步只要三十分鐘左右，於是邁步朝漢江大橋走去。

「三十分鐘也沒有很久啦。」

德米想起了韓娜說過的話。它誤把韓娜的話當成了世界的真理。就算德米可以精準計算時間，這個世界還是存在著各種變數。

隨著時間推移，影子越拉越長。西下的太陽和染紅的天際成為漢江大橋的背景畫面。德米看到了自己的影子。揹著迪利的自己的影子看起來很陌生，兩個頭、肩膀處晃動的手臂、腰間兩側多出的雙腿。

「我們好像……外星人啊。」

因某種原因來到地球，即將完成使命的外星人。

當又黑又長的影子變得又短又淺後，德米走到了南山腳下。夜幕降臨，路燈亮了。德米才剛要抬腳邁上南山的臺階，一輛汽車打著車燈停在了德米身邊。韓娜下車，轉達了令人遺憾的消息：

「時間已經很晚了，現在必須回研究所。」

韓娜很想讓德米好好欣賞夜景，但她也無法擅自更改規定的行程。因為沒能滿足德米的心願，韓娜深表遺憾地說了聲對不起。德米向前邁了一步，站在路燈的燈光下。

「沒關係的，現在搭車回去，就當作是最後一次兜風了，我們還沒有在城市兜過風呢。」

♡

韓娜透過後照鏡看著坐在後面的德米與迪利。德米坐在駕駛座斜對角的後座上，它看了一眼迪利，接著視線與後照鏡中的韓娜相撞。汽車以無人駕駛模式緩速前行，為了以防萬一，韓娜還是把雙手放在方向盤上。德米的視線很快地移到了韓娜手上，只見她左手的無名指上戴著一枚之前沒見過的戒指。德米知道戒指戴在無名指上的意義。工程師的左手無名指上也戴著戒指，他曾告訴德米，這表示已經有伴侶了。

「妳要結婚嗎？恭喜妳！」

韓娜大吃一驚，但很快意識到沒必要吃驚。第三次測試結束後，德米問過韓娜，妳身邊也有像迪利一樣的人嗎？韓娜點了點頭，提到了海利。

「但我很好奇，上次妳不是說不想結婚嗎？」

我有說過這種話嗎？韓娜不記得了，但德米應該沒有記錯。這段時間，德米成了韓娜傾訴祕密的朋友。

海利說得沒錯。因為是人類，所以可以給德米愛，可以把德米當成朋友。

「這取決於往後要怎麼生活，感覺結婚也不會太糟。」

「會更幸福嗎？」

「如果好好過日子的話……」

「覺得幸福以後，人類會變得怎樣呢？」

韓娜思考了半天才開口：「不會擔心未來，至少在覺得幸福的當下，不會去擔心未來。」

德米望向窗外燈火通明的城市。

「我好像能明白妳的意思。」

德米唱起了歌。查特・貝克的〈Blue Room〉。汽車以平穩的速度朝研究所……朝最後一次兜風駛去。

♡

汽車行駛在寂靜的林間小路上，清晨的陽光劃過道路兩側茂密、好似高樓的水杉樹照射而下。黎明破曉時，似乎下了一陣細雨，泥土和野花都濕漉漉的。得益於此，此時的天空晴空萬里。汽車正以每小時五十八公里的時速緩行。坐在副駕駛座的迪利打開車窗，探頭望向天空，幾絡頭髮隨著徐徐微風擺動。迪利笑著打開收音機，隨即響起了熟悉的旋律，德米哼唱起歌曲。迪利掛著一臉幸福的笑容。後座放有郊遊所需的紅格子野餐墊和遮陽帳篷，以及能簡單填飽肚子的點心。汽車以固定時速朝目的地行駛而去，眼看就要抵達目的地了。就在這時，前方傳來了刺耳的喇叭聲，只見一輛大貨車正快速迎面駛來。也許是煞車失靈，德米一臉驚慌地狂按喇叭。道路兩側的水杉樹好似高牆，阻斷了所有去路。此時應該發出尖叫聲的迪利轉頭看向德米，露出了微笑。

德米緊握迪利的手。

德米一把摟住迪利的肩膀，把迪利的頭埋進自己懷裡。感測到撞擊的傳感器打開了安全氣囊，時速八十四公里的大貨車朝正面駛來。德米閉上眼睛，向迪利做了最後的道別：

「親愛的迪利，謝謝你陪我一起兜風。」

作者的話

寫小說既痛苦又快樂，既害怕又興奮。我總是想放棄，同時又很想一直寫下去。我創造了小說的世界，卻不知道那行為究竟包含了什麼。只希望哪怕只有一個人也好，能夠走進我創造的世界。

寫短篇小說時，我通常會以一種「情感」來展開故事。或許正因如此，我寫的短篇小說的形態並不明確。雖然寫短篇也會像寫長篇一樣先勾勒出一個具體的世界，但奇怪的是，寫完後總覺得好像哪裡有點模稜兩可。但我並不覺得這是缺點，反倒希望讀者也能感受到我所感受的情感。

越是了解世界，越覺得地球已經一團糟了。有很多事需要改變，但人人眾說紛紜，卻事事毫無進展。我經常在想，我一個人朝著自己決定的方向努力划槳，就可以帶來改變嗎？我前進的方向正確嗎？但每次想到最後，都只會得出一個結論——不能停下來，要一直朝我相信正確的方向划下去。

我是深受偶像團體影響的世代，可以說是舞臺上的偶像陪我走過了十幾歲的每一天。當時流行的偶像和舞蹈，成為我們這個世代回憶特定時期的最佳方法。不知不覺間，我也步入二十代後半段，我崇拜過的偶像不是隱退，就是去演戲，有的人甚至從這個世界上消失了。那些曾經是我的英雄、代表我這個世代的這些人，為什麼要離開呢？他們一定經歷了無數傷心的夜晚，一定度過了很多有話想說、卻不知該如何表達的日子。

某一天，我聽到有人這樣說：「妳和他們年紀差不多，一定也很辛苦吧。」那瞬間，我產生了兩種想法：我所經歷的事在別人眼中並不是什麼大事，以及，我不能忘記這種感情。

這本小說在說的並不是同一個故事，而是蘊含了我珍藏的各種情感——憤怒、委屈、淒涼、悲傷、孤獨和詭異感。

〈前往沙漠〉是一個更接近自傳的故事，我一直很想平淡地講述自己的故事：〈為了你〉寫在呼籲墮胎除罪化的二〇一九年；〈萊西〉是以環境問題為主題創作的故事；〈某種物質的愛〉就是一個關於愛的故事。我很喜歡「愛情不分國界」這句話。我不明白既然愛情不分國界，為什麼人們要給愛情加入那麼多附加條件呢？〈影子遊戲〉是在我不想受到傷害，努力遠離他人的期間創作的故事。〈杜夏娜〉是在難過的深夜反覆推敲、構思的故事；〈戴著黑色假面的鳥〉描寫了詭異的資本主義；〈最後一次兜風〉是在看到測試假人因先進的模擬測試而失去「工作」的新聞後寫的。該怎麼說呢……當時的我心想，連假人也成為了科技的受害者啊。

我對寫小說戒慎恐懼，也從未停止思考，有時還會把寫好的故事直接丟進垃圾桶。但我還是想一直寫下去，哪怕只給一個人留下了模稜兩可的感覺也好。

二〇二〇年 夏

千先蘭

推薦文／

從故事裡的時空，修補腳下的裂縫

作家／劉芷妤

從千先蘭作家在臺灣的第一本小說譯本《一千種藍》，圍繞著機器人花椰菜與賽馬 Today 展開的故事，讀者便已經知道，千先蘭作家是一個充滿愛的小說家。「充滿愛」這樣的形容聽來浮泛，也很容易，然而千作家的愛，遠比我們想像中的那種更為寬廣也深刻。

在《一千種藍》之中，我們能夠強烈感受到作家對動物保護議題的深刻思考，但她並非一個極端的動保倡議分子，並不會提出激進到令人皺眉的主張，輕易說出「人類只要死光就可以拯救動物」這樣除了帥氣以外絲毫不負責任的話，而是知道環境與人類之間的千絲萬縷，也存在著不同的個體差異，她的故事尋求的不是徹底的洪荒才算得上自然保育，而是共存——這個簡單又常見的語詞，事實上需要的是龐大的研究與努力，更關乎是否能夠同理他者，這裡的他者，指涉的既是動物，在《一千種藍》之中甚至包括了機器人。

唯有能夠同理，才可能在自己原本所愛的處境之外，同時看見他者的處境，並將其納入思考，也才有可能更靠近真正的「共存」。

而這樣寬闊又深刻的愛，在第二本在臺譯本《某種物質的愛》短篇小說集之中，又展現得更加多元繁複，更維持了千先蘭作家一貫如詩般溫柔恬淡的筆觸——雖然在她的自述中，她將這樣的筆觸形容為「有點模稜兩可」，然而或許就是得要堅持著這樣的模稜兩可，堅持不為製造漂亮金句而斬釘截鐵，才能保有對萬事萬物的思考彈性。

八篇短篇之中的最後一篇〈最後一次兜風〉既悲傷又浪漫，讓人心頭揪緊又讓人眼眶微濕，故事中的假人德米，讓人無法不想起《一千種藍》中讓所有讀者深深按住心口的花椰菜，而故事中的一句「至少在覺得幸福的當下，不會去擔心未來」，更像是故事宇宙間的電波，回應了《一千種藍》裡花椰菜反覆強調的「唯有幸福可以戰勝過去、戰勝痛苦」。

科幻、奇幻故事獨有的心智擴展與映照能力，在〈萊西〉這個故事中展現得淋漓盡致，作家將病毒的形象與可能反覆擴寫，直到讀者能夠將自己的「同理」延展到異星上的病毒，甚至能夠透過故事角色之間的母女關係，體會到即使像是病毒這樣極惡的「不可同理」，或許也與我們自己有著因果關係。

同理他者時，作家也想辦法在故事之中撫慰自己。〈前往沙漠〉充滿了無法掙脫的孤寂感，故事中的近未來，人們將因為某種空氣中的有毒物質而致病的病患稱為「新人類」，他們喪失了所有記憶，認知能力回到三歲，需要全天候的看護。這個未來病症看來是否有些熟悉？的確，這是作家在照顧自己失智症的母親時，一點一滴寫下來的故事，主角透露出的孤寂感極具感染力，讓無論是否曾經接觸這類病患的讀者，都被深深浸透。

在臺灣，才剛親眼見證了蔡英文總統任期將屆前，在總統府接見了變裝皇后妮妃雅的我們，對於〈某種物質的愛〉這篇同名短篇，想必會更有感觸。所謂的不分，除了不分性別、不分種族、不分階級，或者也能夠是不分星球的。故事中的果玄在一連串的疑惑下長大，她沒有肚臍，沒有性徵，沒有性欲，甚至在愛上某個人時，自己的性別會隨著對方的性別而改變，果玄的媽媽卻從來沒有覺得這是什麼了不起的、必須解決的問題，媽媽總是說「這也是有可能的」。將一切都視為「理所當然要沒有理所當然」，於是果玄經歷了與不同性別的戀愛，因為相愛而觸發自己體內的性別流動，在與這些曾經相愛的人們道別之後再重新回到「都有可能」的狀態。這個設定如此動人，讓「不分」的概念拉到宇宙的層次，用穿越宇宙的愛情來詮釋「我們原本就是各自不同的個體」，這個我們總是知道但又總是忘記的重要事實，並且將這個事實像是珍藏著重要他人身上落下的發光鱗片那樣，好好地放在心上。

而〈為了你〉、〈杜夏娜〉兩篇，則是以不同角度回應了現今社會的性別議題。篇幅簡短明快的〈為了你〉設定了近未來的場景，要求一名父親「犧牲一切來保全胎兒」，毫不拖沓地直指反墮胎的議題；一片末日氣氛的〈杜夏娜〉，則是在某種外星生命體選擇性地以地球男性為宿主寄生之後，讓這些男性成為喪屍般發狂地攻擊女性倖存者，這種「並非自願」的性別對立，對照現代社會經常被強調的「Not All Men」，特別有種值得細細咀嚼的隱藏趣味。而故事中女性彼此依靠的情誼、兩性間難以重建的信任，甚至是女性明知危險但仍渴望見到男性親人的拉扯，都細緻地呈現了現今社會在性別對立以外的種種面向，而這或許也是我最喜歡千先蘭作家的一點：她總是知道，事情並沒有表面上那麼簡單。

在生態與環境議題上，千先蘭作家同樣將表面下的暗潮化為故事中的細節：〈戴著黑色假面的鳥〉將故事背景設定在黑面琵鷺宣告滅絕的九年後，數千隻黑面琵鷺在韓半島非軍事區突然出現，引導人們找到了那個巨大的「黑洞」，作家不僅用故事強調塑膠製拋棄型餐具對環境的危害——這點，地球上想來很少有人還不知道。而她更進一步，將生態、觀光、汙染，以及連鎖企業對小本生意的碾壓、貧困帶來的別無選擇，以細緻的劇情和邏輯串接在一起，於是我們看見了貧窮與汙染不僅可能互為因果，甚至可能是資本主義下造成的無數惡性循環之一，而那個直到故事最後都沒有揭開謎底的龐然黑洞，說不定正隱喻著這難以逃脫的惡性循環。

〈影子遊戲〉則想像了一種快速方便堪比皮膚雷射的小手術，能打破人們心中映照他人感受的鏡子，不再對他人感情產生共鳴。能想到用這樣「阻絕同理」的破鏡手術來談同理，實在令人深深折服。這樣的手術顯然好處多多，對於個人的情緒可以輕鬆點之外，社會上那些嗜血、煽情的節目與新聞也都不見了，可是這樣的手術無法讓人選擇「想要同理」的限定對象，因此仍有人為了再次靠近受苦的人們、為了分擔心愛之人的痛苦與惆悵，而忍耐著不去做這樣的手術——即便已經做過手術，說不定還是能透過一次一次地試著靠近、想像與理解，再為對方多承擔一些。

不同議題與切入點的八個故事，看來互無關係，卻都隱約指向作家心中的軟肋。千先蘭寫下的故事都不在我們所處的時空裡，卻溫柔地拉著我們更仔細地凝視了現實世界的裂縫，如果我們讀這些故事時，眼中隱約有些淚水，那或許正是修補這些裂縫所必須的物質之一。

深愛推薦

閱讀千先蘭的小說就像潛入大海深處，只能聽見深沉的水聲。她不斷致力於去探求任何人都無可避免的死亡和失去，以及足以蠶食生活的痛苦。

但是，就像唯有抵抗那些沉重水壓、穿越黑暗海底，才能看見驚人的風景一樣，千先蘭的故事會帶領我們前往足以抵銷那些失去與痛苦的新世界。書中的這些故事美麗且充滿情感，讓我完全沉浸那些洶湧的感情波濤之中。

——金草葉（作家）

千先蘭的故事拓寬了科幻的邊界，也重新肯認了人與他者的連結。

當我們在現實中困頓於疏離與異化，千先蘭的科幻故事點亮了科技、宇宙與外星人可能帶來連結與愛，彷彿從時光的另一端探過頭來。並向此刻還在與現實搏鬥的人們喊話：「那樣的未來，終將成真。」

——林新惠（作家）

從《一千種藍》到《某種物質的愛》，千先蘭始終關注著身體障礙者與性少數，展現獨樹一格的關懷。而無論是人或非人，都可以在她的小說裡找到一個安身立命的姿態，以及愛。